いろは堂あやかし語り

よわむし陰陽師は虎を飼う

霜月りつ

角川文庫
23990

目次

いろは堂あやかし語り
登場人物紹介
寒月晴亮（かんげつ はるあきら）
よろず相談所「いろは堂」を営む江戸の陰陽師。
優しく真面目な性格だが、不器用な自分に自信がない。
虎丸に命を救われ、彼の霞童子討伐を手伝うことに。
虎王院虎丸（こおういん とらまる）
思いがけず平安時代からタイムスリップしてきた武士。
元は源頼光の配下として、酒呑童子討伐に向かっていた。
江戸の世で霞童子を捕らえ、元の世に戻ろうと奮闘する。

伊惟
いい
晴亮を師匠と仰ぎ、生活をともにする十歳ほどの少年。
まだあどけなさの残る反面、雑事をそつなくこなし、時に世間知らずな晴亮に意見するしっかり者。
霞童子
かすみどうじ
虎丸とともに江戸にやってきた美形の鬼。
仲間であった酒呑童子の死に憤り、江戸を新たな鬼の世にするべく、姿を変えてあちらこちらに出現する。
イラスト／睦月ムンク
デザイン／二見亜矢子

第一話　陰陽師と虎

序

江戸の時代、隅田川は吾妻橋より下流を大川と言った。その大川になる手前、松倉町は、小さな家がひしめきあっている下町だ。

町屋の瓦屋根がぶつかり合うくらい狭い地域に、雑木林がひとつ、こんもりと残されていた。

雑木林には持ち主がいた。名を寒月家という。

寒月家は背後に雑木林を背負い、常にその影に包まれていた。人の手の入らない林はうっそうと繁り、椋鳥の鳴き声でかまびすしい。

なのでそこは「むくどり御殿」と呼ばれていた。

御殿、と言っても古くて大きいだけで土壁はぼろぼろだし、端の方の瓦は落ちて、長い間修繕されていない。造りは書院造りと呼ばれるもので、どことなく品があった。

八代の将軍さまの頃までは勢いがあったというが、今では子供たちに「むくどり御殿はお化け屋敷」と指さされている。

寒月家がなにをやっている家なのか、近所のものもあまりよくわかっていない。それでも最近、屋敷の前に看板が出るようになって、人々は「へえ」「ふーん」「ほう」と首をかしげたり納得したりしている。

今日、そのむくどり御殿に来客があった。

一

「お帰りください」

客の話が用件にはいるまでに小半刻もかかった。火鉢は置いてあるが炭の量が少ないので室内はあまり暖まらない。その部屋でよくそれだけ喋(しゃべ)れるものだ。

客は商家の旦那(だんな)のようだが、なにを扱っているのかは話さない。それでいて、いかに自分の店が大きく、歴史があり、苦労してきているのかと続き、最後にようやく望みを切り出してきた。

しかし、当主の寒月晴亮(はるあきら)はそれを聞いたあと弱々しく答えた。

「申し訳ありませんが、うちはそういうことを生業(なりわい)とはしておりません」

「しかし」

相手はにこやかな笑みを消さぬまま答えた。五十は超えているだろうに、鏡餅(かがみもち)に油を塗ったようなてらてらとした頬を持つ男だった。

「こちらは由緒正しい陰陽師(おんみょうじ)の家筋とお伺いしました。陰陽師ならば相手を呪うことがおできになるでしょう」

「人を呪わば穴二つと申します……」

対する晴亮は二十になったばかりの、葦(あし)の穂のようにひょろりとした青年だった。声の方もおどおどと自信なげだ。

「呪いは必ず返ってきます。あなたも墓穴を掘りたいんですか？」

「そこはそれ、そのようなことがないように、」

「できません」

晴亮は泣き出しそうな顔でさえぎった。

「そんな恐ろしいこと、考えたくもありません。陰陽師は人を災いから避けるためのお手伝いをするものです。あなたもそんな邪(よこしま)な考えを改めて、真正直にお仕事に精を出してください。そうすれば人を呪わなくても商売繁盛間違いなしです」

青年のありきたりな返答に、鏡餅は笑顔を消して不満げな表情を浮かべる。畳にこぶしをついて、ずいっと身を乗り出した。

「しかしですね。あいつが私のところの商品を真似して客を奪っているのは明らかなんです。私が何年も考えてやっとできたものを……この悔しさはおわかりいただけるでしょう？」

「わかりますわかります。だったらその商品をさらによくしてみたらどうですか」

「そうしたらまた真似される！　あんたみたいな若造は、なにもわかっちゃいない！

最後の頼みにと来てみたが、所詮時代遅れの陰陽師、何の役にも立ちやしない！」

怒れる鏡餅はその巨体に似合わず素早く立ち上がった。

「こんなところまできて本当に無駄足だった」

その足取りは年季の入った廊下の床板が割れるのではないかと思うほどだった。

鏡餅のような商人は屋敷を出て、門にかかっている看板を睨んだ。そこには「陰陽師いろは堂　よろず困りごと、失せ物、ご相談」と書いてあった。

「何が陰陽師だ！」

看板の横には十歳くらいの少年が立ち、丁寧に頭をさげる。

「またのお越しを」

「誰が来るか！」

商家の主人はばしゃりと門の前の水たまりを踏んだ。先日降った雪が溶けて、道はぐずぐずになっている。商人はいまいましげに汚れた足を持ち上げた。

屋敷の前には駕籠(かご)が待っている。乗り込むと駕籠かきたちが威勢のいい声をかけて持ち上げた。重みに歯ぎしりしながらも、「えっさ、ほいさ」と泥を蹴(け)って走り出す。

少年は夕日に溶けてゆくその背中を見送った。

「あーあ、また客を追い返しちゃって」

少年は白い息を赤い空に吐きながら、屋敷から出てきた青年を振り向く。

「晴亮師匠(せんせい)、仕事のえり好みはしないでくださいよ」

「えり好みじゃない、できないんだよ、伊惟(いい)」

「できなくたっていいじゃないですか。それらしく見せて、はい呪いましたって言っておけば客の気が済むんですから」

伊惟という少年は愛らしい顔をしているが、言葉はきつい。まだ声が高いままで空にキンキンと響いた。普段、本人は甲高いそれを気にしているが、今は止まらないようだった。

「嘘はつけないし、大体それで呪いが効かなかったって言われたらどうするんだ」

晴亮は玄関に戻らず、白壁に沿って裏の林に向かった。その後ろを伊惟が寒そうに首をすくめながらついてくる。

「そのときは呪いが効くのには時間がかかるとかなんとか……。とにかく陰陽道の看板をあげたんだから陰陽道の仕事らしいものをしてください！」

「お前の思いつきで看板を出したけど、やっぱり止めた方がいいんじゃないかな。陰陽道ってそんなものじゃないし……第一いろは堂っておかしいよ、うちには寒月というちゃんとした名前があるんだから」

「なに言ってるんです！」

伊惟は喧々(けんけん)とした声を上げた。

「寒月家がどんなに著名でも昔の話です。それよりは漢字が読めない庶民にも親しみを持ってもらうためのいろは堂です。いろはなら子供でもわかりますからね。みんなに知られなきゃ商売できません！」

「そりゃあ昔と違って今はあやかし自体少ないし、陰陽師もすっかりすたれたし」

そう、今や黒船は来るし、桜田門(さくらだもん)外で大老さまも殺される時代だ。

「そうですね、だから一番上のお兄様は天文方(てんもんかた)へ、二番目のお兄様は占師へとお仕事を替えられた」

「そ、そうだね」

「師匠、今おひつにどれだけ米があるかご存じなんですか！」

「いや、それは……」

晴亮は歩みを止め、空を仰ぐとため息をついた。ふわりと息が白く溶ける。

「稼いでいる兄上さまたちから毎月お米を送ってもらうのは申し訳ないって言うから

看板あげようって話になったんですよね？　師匠が寒月家を継いで三年、陰陽師の仕事が来たのは何回ですか」

その言葉に晴亮は指を折って数え始めた。それを見て伊惟は呆れたため息をつく。

「指で数えられるくらいですよね？　今年から大々的に打って出ようってんですから、呪殺のひとつやふたつ、やっちゃってくださいよ。もちろんまねごとでいいんで」

「できないよ。陰陽師というのは災いから人を守るものなんだ」

伊惟の言う通り、二人の兄ははやばやと陰陽道に見切りをつけ転職した。残された三男の晴亮が当主を継いだはいいが、今までの仕事と言えば先代の当主からつきあいのあった老舗の商家の移転の占いと、若い娘の夢占い、恋占いくらいだ。晴亮自身、いまだあやかしの退治はおろか、見たこともない。

再び歩き出し、晴亮は雑木林の入り口にある祠の前に立った。人の背丈より少し大きいくらいの木造りで、長い年月と風雨に耐えたそれは、今にも崩れそうなくらいぼろぼろだ。今年の雪に保ってくれたのが奇跡だと思う。

「この祠も扉がもうだめですね」

伊惟の言うように片方の蝶番が壊れ、右の扉が斜めにかしいでいる。

「蝶番代だけでも稼ぎましょうよ」

「うん……」

晴亮は扉の前に置いてあった符を新しい符と取り替えた。古い符は懐にしまい、両手を合わせる。伊惟も背後で神妙な顔をして手を合わせているだろう。

この祠は「鬼封じの祠」といい、晴亮の先祖が京から江戸に来たときに建てたものとされている。当時江戸に鬼がいたのかどうかはわからない。幼いときから毎日夕方に符を取り替え、「鬼封じの真言」を唱えるように言われていた。

真言の最後の一節が終わったとき、不意に地面に震動を感じた。祠の背後の林から、いっせいに鳥たちがはばたいて舞い上がる。

伊惟が悲鳴を上げて尻餅をついた。

目の前の祠がまるで生きているかのように左右に細かく揺れ始めた。

「じ、地震⁉」

とっさに屋敷を見て、それから林を見て、晴亮は違和感を覚えた。どちらも揺れてはいないのだ。

「祠だけが揺れている？」

地面に震動は感じる。細かな砂や小石が浮き上がっているくらいだ。なのに。

「師匠！」

伊惟がしがみついてきた。その小さな体を抱いて晴亮は祠を見た。蝶番が壊れている方の扉が落ちる。そしてもう片方も内側から弾かれるように開いた。

「なに、か……？」

祠の中は真っ暗だった。いつもは中に瓶子と幣が二本入っているのが見えるのに、今は内側に黒い陰が渦を巻いている。

その渦の中心から、にゅっと突き出てきたのは腕だった。人の腕。人？　いや、人はこんな巨大でふしくれだって青ざめて長い爪の指は持たない。

鬼封じの祠――中から封じられていたものが出てきたのか!?

出てきた指がなにかを摑むように握りこまれた。その瞬間、どっと塊が外へ飛び出してきた。

「うわあっ！」

晴亮と伊惟は一緒に悲鳴を上げた。飛び出してきたものはごろごろと勢いよく地面を転がる。それは巨大な人型の異形だった。

――があああああっっっ！

異形が吠えた。青い肌の、白い髪を振り立てた、犬に似たとがった鼻を持った人型だった。二本足で立ちあがるとその姿はおよそ十二尺（三・六メートル）、額から真っ白な骨のような、三日月のような一本角が生えている。

（鬼？　化け物！　あやかし!?　物の怪？　妖怪!?）

頭の中にさまざまな言葉が行き交う。初めて見る人外の生き物に、膝から下ががくがくと震えた。

だが恐怖はより大きな驚愕（きょうがく）に打ち消された。その恐ろしいものの首にしがみついている男の姿が見えたからだ。

そう、確かに鬼の首に足を絡め、両手で頭を抱えているのは人間だ。黒っぽい着物を着て袴（はかま）をはき、腰に鹿の毛皮を巻いている。背中に矢筒と剣を背負っているのが見えた。

異形は自分の首にとりついている男を引き剝（は）がそうとしていた。その目が腰を抜かしてへたりこんでいる晴亮と伊惟を捕らえる。

「ばかっ！　逃げろ！」

異形の頭にとりついていた男がそれに気づいて叫んだ。言われるまでもなく晴亮たちは逃げようとしたが、どうしても下半身が言うことをきかない。

異形が地響きを立ててこちらに突進してきた。晴亮はとっさに懐の中に納めていた符を取り出し、それを異形に向かって放つ。

異形の手のひらに符が張り付き、それは小さな炎を上げた。

「ぎゃう！」

異形が声をあげる。晴亮も驚いた。まさか効き目があるとは思ってもいなかったからだ。その驚きが体を押してくれた。

「逃げろ、伊惟！」

自分にそんな力があったとは知らなかった。晴亮は少年の腕を持つと、地面を引きずって駆けだした。

「せ、師匠！」

伊惟の悲鳴。目の前に青い壁が立った。異形は飛び上がり、二人の頭を越えて晴亮の目の前に立ち塞がったのだ。

青い豪腕が振り上げられる。鋭い爪が鬼灯色に染まった空の中に光って見えた。晴亮は恐怖に目を閉じてしまった。

ガキン！

金属的な音が頭の上で響いた。とっさに目を開けると、異形の首に取り付いていた男が晴亮たちのすぐ前に立ち、剣でその爪を受け止めていた。

ギギギ、と耳障りな音がした。爪が刃を削っているのだ。

自分たちを庇う男の背は大きく逞しく、しかしその足はじりじりと押し込まれていた。

異形がもう一本の腕を振り上げた。男が剣を滑らせ異形の角の先を叩き斬ったのと、振り上げた爪がその背をえぐったのはほぼ同時だった。

異形は一声吠えると後ろ向きに大きく跳躍し、雑木林の中に消えた。

「待て！」

男は叫んで追おうとしたが、その瞬間、背中から大量の血が噴き出し、それに押されるように地面に倒れ込んだ。

「ま、て……」

男は雑木林に向かって手を伸ばした。だが、もう相手の姿は見えない。

男の手が力なく地面に落ちたとき、晴亮はようやく呼吸をすることを思い出した。

「い、伊惟……無事か」

「は、はい」

少年の声も震えて掠(かす)れている。

「怪我は」

「ありません、でも」

二人は倒れている男を見た。切り裂かれた背からどくどくと血が流れている。

「な、中に運ぼう。それから医者だ」

「はい！」

晴亮は伊惟に命じて家から敷布を持ってこさせた。その上に二人で男の体を乗せ、ずるずると引っ張ってゆく。乱暴な方法だが、意識のない相手を運ぶには仕方がなかった。そもそも六尺（一・八メートル）ほどの大きな男だし。

（いったい、これは現実なのか）

自分の両腕に力がかかっているのに、晴亮はまだ夢を見ているような気分だった。

（鬼、あれは鬼か。鬼を封じてある祠(ほこら)なら鬼が出ても不思議はないのか。ではこの人はなんだ？　なぜ戦っていたんだ、この人はいったいなにものなんだ）

伏せている顔はまだ若そうだった。髪も乱れ、失血で青ざめているが、端整な、知性を感じられる顔立ちだった。

（助かってくれ）

晴亮は祈った。自分たちを守った背中が忘れられない。

（私たちのために戦ってくれた人を失いたくない）

地面に跡を引く血の色は、夕闇の中にじきに見えなくなってしまった。

二

「もう大丈夫ですよ」

しゅんしゅんと鉄瓶が湯気を噴き上げている。炭を倍増して暖めた部屋で男の治療をした医師は、そう言って診察箱を閉めた。

「傷は深かったんですが、重要な筋や骨は傷つけられていませんでした。とても強い筋肉を持っているようですしね」

「ありがとうございます、武居先生」

同じ町内に住む武居医師は長崎で蘭学、とくに外科を学び、男の傷も半刻ほどかけて縫い合わせてくれた。まだ若いが技術は確かだ。

「血をたくさん失っているようなので、滋養のあるものを食べさせてあげてください。あと、安静に」

「ありがとうございます」

「それにしてもあの傷痕、まるで爪のようでしたが――熊など出てないですよね？」

元々武家の出だという医師は鋭い目で晴亮を見た。その視線にとっさにうつむいてしまう。

「ええと、そのう……」

祠から鬼が出てきたのだ、と長崎帰りの医師に言って信じてもらえるものかどうか、晴亮が逡巡していると武居はうなずいた。

「ご事情があるようなので聞かないことにします。でもなにかお手伝いできることがあれば、おっしゃってくださいね」

大柄な医者なのに案外と静かな所作で立ち上がる。おそらく今でも剣の鍛錬をしているのだろう。

「あ、あの、武居先生。その……お代の方なんですが、少し待っていただいてもよろしいでしょうか？」

晴亮は武居の袴の裾あたりに手をついて言った。武居は振り向いてにこりと微笑む。

「はい、ご都合のよろしいときで結構ですよ」

このぼろ屋敷に呼んだときから治療費のことは諦めていたのかもしれない。武居はさばさばした口調で言うと、屋敷を去った。

晴亮は医者を見送ったあと、男が寝ている部屋に戻った。背中を縫ったので今はうつぶせにされている彼は、すうすうと穏やかな顔で寝息を立てている。

鬼と戦っていたときは恐ろしい顔をしていたが、こうやって眠っていると穏やかで優しくも見える。

とにかく、男が目覚めたら話を聞かなくては。彼はなにものなのか、あの異形はなんなのか、なぜ祠からでてきたのか。

林の中に消えてしまった、平気で人を傷つけるようなものを、野放しにしていて大丈夫だろうか？

男の枕元に着物や持ち物が置いてある。矢が三本ほど入った矢筒、古い形の、おそらく太刀と呼ぶべきだろう逆さ反りの剣、革と銅で作られた籠手、鹿の皮で作られた行縢、金糸で鳳凰が刺繡された小銭入れ、それに紙に包まれた文のようなもの（中は見ていない)。

着物と袴は血と泥に汚れていたので伊惟に洗わせている。明日干せば一日で乾くだろう。足は草履でも下駄でもなく、足先を包む革の沓と呼ばれるものを履いていた。

姿だけ見るとずいぶん古めかしい恰好だ。

古めかしいと言えば、頭も月代を剃らず総髪を無造作に頭頂でくくっている。まあ自分も月代は剃ってはいないが。

しばらく寝顔を見守っていたが、ぐっすりと眠っているようなので、晴亮は静かに退室した。


翌朝、中庭にある井戸で顔を洗っていると、伊惟の叫び声が聞こえた。「師匠、師匠ー!」と叫んでいる。

晴亮は首に手ぬぐいをひっかけて、声のする方へ走った。

「あ、師匠! とめ、止めてください!」

見ると重傷の筈の男が起きていて、外へ出ようとしている。伊惟はその脚にしがみついて止めていた。

「ちょ、ちょっと! なにをしてるんです、寝てなきゃだめです!」

「あいつはどこへいった!」

男は晴亮を見ると、青ざめた怖い顔で怒鳴った。

「あいつは、カスミはどこだ！」

男は怒鳴ると長い脚を振った。伊惟があっさりと放り投げられる。

「あ、あの異形ですか？」

「そうだ、あいつを逃がしてはならん！　あいつを、ううっ――」

言いかけて男は廊下に膝をついた。背中に回された布に血がにじんでいる。

「と、とにかく安静にして。あなたは大怪我してるんです」

「こんな怪我――」

「こんな怪我でもどんな怪我でも大怪我なんです！　それにそんな恰好で外へ出てどうするつもりなんですか！」

男は下履きだけだった。晴亮の言葉でようやく自分の状態に気づいたのか、周りをきょろきょろと見回す。長く続く廊下やそこから見える内庭、広がる青空。

「ここは……どこだ？　御所か」

男の言葉に思わず口元が緩む。

「そんなたいそうなもんじゃありません、ここは私の家です。私は寒月晴亮」

「かん、げつ？」

「はい。さあ、まずは床へ戻って。そこでゆっくり話を聞きます。カスミという異形のこともそのあと相談しましょう」

晴亮は男の腕の下に自分の肩をいれた。男はもう騒がず、晴亮に体重をかけて立ち上がった。

「伊惟、白湯を頼む。そのあと朝餉の用意を」

「は、はい」

伊惟がぱたぱたと駆けていった。男は軒先から空を見上げ、眩しげに顔をしかめた。

男は布団に横になることを拒んだので、掛け布団を畳んで楽に座れるように背に当てた。あぐらをかいた男は部屋の中や晴亮たちをじろじろと見回す。

「おぬしたちは——あのとき一緒にいたものたちだな」

晴亮がうなずくと、男は小さく頭を下げる。

「おぬしたちが助けてくれたのだな、礼を言う」

「い、いえ！　私たちの方こそ助けていただきました。あなたがいなければ命がなかったでしょう」

晴亮はあわてて両手を振った。

「ありがとうございました」

「そもそもあんたのせいじゃないんですか」

横に一緒に座っている伊惟が男を睨んで言う。さっき犬の子のように扱われたことに腹を立てているらしい。

「あんたがあれを連れてきたんじゃないか！」

「こら、伊惟！」

晴亮は小声で少年を叱咤した。伊惟はぷくっと丸い頬を膨らます。

「連れてきたのは俺じゃねえ」

男は伊惟にぶすりと言い返した。

「俺があいつに連れてこられたんだ」

「あ、あの」

晴亮は身を乗り出し、畳に手をついた。

「あなたはどなたなんですか？　あれ――あの異形はなんですか？　なんでうちの祠から、なんで戦って……」

「いっぺんに言うなよ」

男は不満そうな顔で言った。

「す、すみません」

晴亮は姿勢を正して膝の上に手を置いた。

「ああいうの、初めて見て。まるで御伽草子の絵のようだったので」

「俺の名は虎丸」

男――虎丸は膝に両手を置いて背筋を伸ばした。

「虎王院虎丸だ。もっとも姓は頼光公が適当につけてくれたもんだがな」

「虎王院……虎丸さん……」

「――寒月家」

虎丸は記憶を辿るように目線を上にあげた。

「寒月と言ったな、もしかして陰陽道か？」

「へ？　あ、はい。ご存じですか？」

「四条の方にそんな名の陰陽師がいる。そうか、ここは四条か？」

「あ、いえ。ここは本所です」

虎丸はうなずいた。

「ほん、じょ？」

聞き慣れない名なのか、虎丸は妙な発声で言った。

「はい、本所の松倉町です。しじょうというのはどこの」

「四条は四条だ、京の。ほら、下って四条通り……」

「こ、ここは江戸ですよ？」

晴亮は仰天して言う。同じように虎丸も驚いていた。

「えど？　えどってなんだ。どこの田舎だ」

「田舎って、江戸は日本の中心だぞ！」

男の頓珍漢（とんちんかん）な答えに伊惟が言い返す。

「江戸も知らないのかよ、どこの田舎もんだ！」

「なんだと、小僧！」

虎丸が片膝を立てると、伊惟もすばやく立ち上がった。

「なんだよ！」

「まあまあまあ」

晴亮は伊惟の腰を強く引き、もう一度座らせた。

「あ、あなたは――虎丸さんは京からいらしたんですか？」

「そうだ。俺たちは京から大江山（おおえやま）に向かった。酒呑童子（しゅてんどうじ）討伐にな」

「まさか」

思わず声が出た。それに虎丸は目を怒らせる。

「なにがまさかだ。頼光公と四天王、そして俺。大江山の奥深く、命がけでやつらを襲撃した。俺は逃げ出した霞童子（かすみどうじ）を追いかけて――」

「いや！　いやいや、待ってください、それはおかしいですよ」

両手をばたばたと振る晴亮を、まじと見据えて虎丸が吠（ほ）えた。

「なにがおかしい！」

「だって、酒呑童子とか源頼光と四天王って……一条天皇の時代じゃないですか」

「そうだ。帝の命を受けて都を荒らす鬼共を成敗しに」

「それ、八百年も昔の話ですよ！」

「あ？」

虎丸は眉をひそめた。片目が大きく見開かれる。

「八百年……昔、だと？」

「そう、そうです。絵物語にもなっています、源頼光と四天王の鬼退治――」

だがそこに虎王院虎丸という名は存在しない。霞童子という鬼の名も伝説にはない。

「まさか……」

虎丸は片手で自分の頭を摑んだ。

「じゃああいつが言っていたのは真実だったのか。時と場所を超えると言ったのは」

「時と場所を超える？」

「くっそおおっ！」

虎丸は勢いよく立ち上がった。晴亮が止める間もなく、布団を蹴り飛ばし、障子を開けて廊下に飛び出る。

「ここが八百年後の世？　えど？　ほんじょ？　俺は、俺たちは時も場所も超えて、違う世にきちまったというのか！」

虎丸は四半刻（しはんとき）あまりも吠え、暴れ、布団を抱きしめては投げつけていた。理解できず、現状を受け入れられない人間の行動としては短い方かもしれない。おそらく長い時間立っているだけの体力もなかったのだろう。その間、「手がつけられないから」と伊惟は障子を閉めて晴亮を部屋に入らせなかった。

激情が去り、ようやく落ち着いた虎丸は、敷き直した布団の上で伊惟の用意した雑炊をすすっていた。

「うまい！」

虎丸はそう言ってなんどもおかわりした。たちまち空になる鍋（なべ）に、伊惟は不穏な目を晴亮に向ける。

「こんなうまい米は初めて喰（く）った！　おまえたちは帝よりうまいものを喰ってるのか」

それは八百年も昔の米に比べたら、味も格段によくなっているだろう、と晴亮は思う。虎丸は漬物も、佃煮（つくだに）も目を輝かせて食べていた。

「大江山の鬼退治って、本当にあったことだったんですね」

「当たり前だ」

虎丸は雑炊をかき込みながら答える。

「その頃、都は物の怪が跋扈するところでな。その中心となっていたのが大江山の鬼共だ。俺たちは一条天皇の命で大江山の鬼を討伐することになった」

帝の主命を受けた源頼光は、渡辺綱、坂田金時、碓氷貞光、卜部季武という配下の四天王を討伐隊にいれた。酒呑童子にも同じように四体の剛の者がいたからだ。しかし、討伐間近になって、もう一体、名を知られていない側近がいることがわかった。

「それで俺が討伐隊に引き上げられたんだ」

虎丸はもともと御所の検非違使だった。だが、御所を物の怪が襲ったとき、たった一人で複数の怪物を倒した。それを聞いた頼光が自分の配下に組み込んだ。

「ただの虎丸では成果をあげたとき、座りが悪い。虎王院虎丸と名乗れ」

姓を与えられ、虎丸は感激した。天にも地にもただ一人だった孤児の自分が、家を興すことになるのだ。

鬼を倒すために策を練ったぞ、と虎丸は言う。

「頭目は酒好きの鬼で酒呑童子と呼ばれていた。やつは寺で作られた僧坊酒を狙い、都中の寺を襲っていた。なので我々は奈良の寺から山伝いに酒を運ぶという偽の報せを流し、やつらに襲わせた」

その酒に毒をいれておいた。並の人間ならすぐに死ぬ。だが鬼にどこまで効くかはわからなかった。

「鬼どもが宴会を始め、あの酒を飲み始めたと聞いて俺たちは山に突入した。やつらの根城に入ったとき、ほとんどの鬼は体が痺れて動けなかった」

四天王は敵の四体の側近、星熊童子、熊童子、虎熊童子、金童子を斃していった。そして頭目の酒呑童子に迫ったとき、名を知らぬ一本角の鬼が立ちはだかった。

「それがカスミ、霞童子だった」

霞童子は怖いくらい美しい鬼だった。女めいているというわけではない、例えれば氷の花のような月の蝶のような。頼光の四天王たちもその美しさに動きが止まった。

そして強かった。酒呑童子を守って四天王の剣をことごとく弾いた。

「霞童子は俺の獲物だ！」

虎丸は霞童子を相手によく戦った。虎丸に攻められ霞童子の気がそれた隙に、四天王は酒呑童子を討ち果たした。

倒れた酒呑童子を見て、霞童子は山が震えるような咆吼をあげた。美しい顔は見る間に獣と化し、体が青黒く膨れ上がった。彼は本性を隠していたのだ。

霞童子はその姿のまま奥の院へ逃げた。そして行き止まりの壁にかかった掛け軸をはぐと、そこに黒い穴が開いた。

「酒呑が死んだのなら俺はもうこの世に用はない。時と場所を超え、そこで再び鬼の世を作る！」

いた。

坂田金時が戦斧で霞童子に斬り掛かった。霞はその刃を避け、剣で彼の体を刺し貫

「逃がすか！」

「金時！」

虎丸は叫んだ。坂田金時は虎丸が頼光の配下に入ったとき、なにくれと面倒をみてくれた男だった。山で頼光に拾われたという金時は、自分と同じ身分のない虎丸を庇い、兄弟のように親しくしてくれた。唯一の友だった。

「きさまっ！　許さん！」

虎丸は黒い穴に身を躍らせようとしている霞童子にしがみついた。絶対に逃がさないと手足を絡めた。

「馬鹿め！　これは時軸の穴、どこへ出るかわからぬぞ」

「どこへ出ようがそこがきさまの墓場だ！」

そして上も下もわからぬ暗闇の中、落ちているのか浮いているのかわからない時間が永遠に、いや一瞬かもしれない、赤い光が見えたと思ったら、夕日の落ちる地に転がり出たのだ――。

「……なるほど」

理解はできないが納得はできた。話を聞いて晴亮は大きな息をつく。

「でもなんでうちの祠(ほこら)から出てきたんでしょう」

伊惟が首をかしげる。

「時軸の穴というのがここととつながっていたんですか？」

「たぶん、だけど」

話を聞いているうちに思いついたことがあった。

「寒月家が京から江戸に来たのは家康(いえやす)さまが江戸幕府を開いたときだ。京の都はもともと霊的に守護された町だった。江戸城を建てた太田道灌(おおたどうかん)どのは、その霊的守護を城自体に施したと言われる」

幼い頃、父に聞いた話だった。

「そして江戸の町を守るためにいくつかの陰陽師(おんみょうじ)を伴った。寒月家はそのひとつ」

「そんな有力な家だったのですか？」

今の衰退からは考えられないとばかりに伊惟が言う。

「ああ、当時の寒月家当主には先見(さきみ)の力があったと言われている。家康公はその力を必要としたんだ」

「先見の、力？」

「そうだ。当主はその力でこの地に鬼が現れることを予感されたのだろう。だから江戸へ来てこの地に屋敷を建て、祠を建てた。鬼が現れないように……。まさか二百年もあとだとは思ってもおらず」

「二百年後には陰陽師もすたれて寒月家は貧乏で、祠はぼろぼろになって、封じの力も衰えていたとは思わずに」

伊惟の容赦のない言葉に、晴亮は「ううう」と胸を押さえる。陰陽師の衰退はさすがにご先祖も予想できなかっただろう。子孫として情けない。

「虎丸さんはこれからどうしますか？」

雑炊を平らげ、満足そうな虎丸に、晴亮は尋ねた。

「決まってる。霞を叩き斬って元の世に戻る」

なんでもないことのように虎丸は答えた。

「あいつを放っておけばこの世は鬼の世になる。それにお前、言っただろ。大江山の鬼退治の話に俺の名は出てこないと。それは俺がこっちに来ちまったからだ。だから霞のやつを倒して元の世に戻れば、俺の名も残るというわけだ」

「で、でもどうやって元の世に……？　祠は今朝ほど覗いてみましたが普段どおりでしたよ」

「そんなこと知るか」

虎丸は面倒くさげに言ってそっぽを向いた。

「金時が言ってた。どうすればいいかわからなくなったときは、目の前のものからひとつずつ解決していけばいいと。だからまずは霞を倒す。そうしたらなにか起こるかもしれない」

どうすればいいかわからなくなったとき。

虎丸も内心は不安があるのだろう。突然八百年後の、しかも当時は京の人間が誰も知らないような東の果てに飛ばされたのだ。だがそれをおくびにも出さず、前向きに進もうとしている。

もし自分がそんな目にあったら、きっとめそめそとうずくまっているだけだろう。

「虎丸さん」

「おう」

「私もお手伝いします」

そう言った晴亮に虎丸はきょとんと目を丸くする。

「霞童子を追うにしても虎丸さんはこの地、この時代についてなにもご存じないんですよね？　だから虎丸さんがここで生きて、霞童子を見つけるために動く手助けをします。私でわかることはいろいろお教えしますし、衣食住も私が」

「ちょ、ちょっと、師匠（せんせい）！　食は無理ですよ、もう米も菜もありません！」

伊惟があわてた様子で晴亮の腕をひっぱった。

「なんとかする。虎丸さんは私たちの命の恩人じゃないか！」

「厄災を運んできた張本人ですよ⁉」

「だとしても、虎丸さんがここへ現れたのはきっと運命なんだ」

晴亮は改めて虎丸の前に手をついた。

「寒月の名にかけて、虎丸さんの霞童子退治を助勢いたします！」

「もとよりそのつもりだったが？」

虎丸は頭を斜めに傾けた。

「運命だろうとなかろうと、おまえたちはここにいたんだから俺を助けろ。戦場ではそこにあるものを利用する。ここは俺と霞の戦場なんだからな」

「ちょっと！　その態度はないでしょう？　助けてもらえてありがたい、って感謝するところでしょう⁉」

平然と言う虎丸のあまりの態度に、伊惟の怒りが爆発する。

「鬼がなんだっていうんだ！　あんたの方が疫病神じゃないか！」

虎丸の眉が撥ね上がり、端整な顔が一気に鬼のような形相になる。

「なんだと、小僧！　その口のききようは！　俺は頼光公の近衛だぞ！」

「へんっ！　こちとらちゃきちゃきの江戸っ子だい！　時代遅れの田舎侍なんざ、屁でもねえよ！」

「江戸なんか東の果てのど田舎じゃねえか、ちゃきちゃきってなんだよ！」

「ちゃきちゃきもわかんねえのかよ、西の田舎もん！」

「ややややめてやめてやめて――――！」

　晴亮は二人の間に飛び出て互いに睨み合う顔を両手で押し離した。

「喧嘩は駄目！　止めないと二人とも追い出しますよ！　ここは私の屋敷、腐っても当主なんですから！」

　むうっと二人は晴亮の手のひらの下で黙り込んだ。

「……確かに腐りかけているな」

　虎丸は色の変わった天井板を見上げた。

「……まあ、一応師匠ですし」

　伊惟も勢いをなくして唇を尖らせた。

「でもこの人とは仲良くできる気がしません。とっとと霞とかいう鬼を見つけ出して、出て行ってもらいますからね」

「望むところだ。俺だってさっさと霞を討伐して、頼光公や金時のところへ帰りたい」

　正反対の感情ではあるが意見の一致をみたらしい。晴亮はほっとして伊惟と虎丸の手をとった。

「みんなで力をあわせて鬼を退治しよう！」

　伊惟と虎丸はそっぽをむく。晴亮はこれから先のことが思いやられて、頭と胃の腑が痛くなるばかりだった。

三

「見てください、おひつが空です」

伊惟が泣き出しそうな顔で訴える。虎丸が座敷に寝付いて三日目のことだ。幼い頃家が貧しくて苦労した伊惟にとって、米がないというのは耐えようもないくらい恐ろしいことなのだ。

空のおひつを見ると、台所の土間の寒さがいっそう身に沁みるようだった。

「日銭をもらえる仕事を探すしかありません！」

二人で顔をつきあわせている台所に虎丸が現れた。昨日あたりから退屈だと起きだしている。

「なんだなんだ、喰うものがないなら俺が山にいって鹿でも猪でも獲ってくるぞ？」

伊惟がその言葉に噛みつこうとしたので、晴亮は慌てて手で少年の口を押さえた。

「ありがとうございます。でもこの近くには鹿や猪がいるような山はないんです」

「そうなのか？　東の地は山ばかりだと思っていた」

虎丸は軽く驚いたような顔をする。都の周辺しか知らない平安の時代の人間にとって、関東はそんな認識なのだろう。

「米の当てはあるのか？」

さすがに心配そうな顔になる居候に、晴亮は苦笑して答えた。

「江戸には質屋という便利な店があるんですよ」

晴亮は屋敷の奥、母が生きていた頃に使っていた部屋に向かった。軽くなった箪笥の引き出しを開ければ、ふわりと雅な香りが漂ってくる。すっかり少なくなったがまだ母の着物が数枚残っていた。

流水に葉や花が浮かぶ着物、里山に遊ぶ子供を描いた着物を風呂敷に包む。

（申し訳ありません、母上。前の着物も戻せないうちに）

これで二、三日分の米を買う金にはなるだろう。その間に陰陽を必要とする客が来てくれればいいが。もしだめなら外に出て占いでもするしかない。

「では町へ行ってくるよ」

伊惟に留守を命じて屋敷を出ると、虎丸が追ってきた。晴亮の着物を雑に着ている。背も高いし体に厚みもあるので丈が合わず、いかにも借り物めいている。

「俺も行く」

「と、虎丸さんは安静にしてなければ」

「別に、ただ歩くだけなら問題はない。背中の傷はもう塞がっている」

虎丸は物珍しげにきょろきょろと周囲を見回した。

「この辺りは民が住んでるのか？」

背の低い、小さな家々が肩を寄せ合うように建っているのを眺めている。何軒かはまだ屋根に雪を載せていた。

「はい、そうですね」

「ずいぶんこぎれいに住んでるんだな。俺のときは、棒をたてて布をかぶせたような家とも言えないところに住んでいるものもいたぜ」

やがて店が集まる通りに出て、虎丸はいよいよ目を輝かせた。

「人が多いな！　それに家が重なっている！　店に品物が多い！　これは豊かな町だのう！」

行き過ぎる人々を見て目を細めた。

「みんな肉付きがよくて楽しげだ……俺の世では通りに死人がほったらかしにされていた。平民はみな飢えて、目ばかりがぎらぎらと暗くにごっていたのに……みな幸せそうだ。これも源氏のおかげだな」

いや、源氏は一度平家に滅ぼされ、再び興った源氏の世も、北条に滅ぼされますけどね。

晴亮は言いたい言葉をぐっと押し殺した。

「お、なにかいい匂いがする」

虎丸が鼻をひくつかせた。その顔の先には団子屋の屋台があって、醬油団子を焼いている。団扇で扇いで醬油の香ばしい匂いを通りにまき散らしていた。

「あれは、団子か？　ずいぶん大きいものだな」

虎丸のいたところでは団子はもっと小さく丸めていた、と親指と人差し指で銭貨くらいの大きさを作る。

「江戸ではこの大きさで普通ですよ」

晴亮は小銭を数えると屋台の前に立った。このくらいの贅沢なら母も許してくれるだろう。団子の串を三本買う。

一本を虎丸に渡すと、あつあつなのに無造作にかぶりついた。

「あつ！　う、うま！」

口いっぱいにいれて目を丸くしている。

「なんだ、この味は！　からい、だが、あまい！　うまいぞ」

「醬油味ですが……虎丸さんの時代にはもしかしてなかったのかな。魚などを食べるときにはなにをつけてました？」

「塩かひしおだな」

今のような醬油の完成を見るには、あと六百年は待たなければならない。晴亮には醤油のない食事など考えることもできなかった。

「うまい、うまいなあ！」

虎丸は嬉しそうに言ってあっという間に一串食べ終わった。次を食べようと大口を開けたとき、その手が止まる。

虎丸の前にずいぶんくたびれた着物を着た子供が二人、同じように大きく口を開けて立っていたのだ。冬だというのに着物一枚きりで、裸足の足先は真っ赤になっている。

兄弟なのか、二人ともよく似た顔をしている。髪は何日も梳かしていないようにぼさぼさで、顔も汚れていた。

虎丸は口から串を離して右に振った。子供の顔がそれにつられて動く。今度は左に動かすとやはりついてくる。

「…………」

虎丸はふっと笑ってその串を子供たちに差し出した。子供たちはちらっと虎丸を見ると、年長の方がぱっとその手から串を奪った。いきなり駆けだしていく。

「転ぶなよ！」

虎丸がその背に声をかけた。腕を引かれていた幼い方が肩越しに振り向いて小さく笑った。

「すまん、お前に買ってもらったのに」

虎丸は晴亮に謝った。晴亮は首を横に振った。

「いいですよ。……江戸も豊かなものばかりじゃありません」

「そうみたいだな」

「おにいさん」

背後から声をかけられた。見ると団子を売っていた若い女が紙折りに団子を三串載せて立っている。

「食べ損ねたろ、これをどうぞ」

「え？」

「あんたがうまいうまいって言ってくれたから、客がけっこう来てくれたんだよ。それにあんな男気見せられちゃね、江戸っ子としてあたしゃ恥ずかしいよ」

女はほっかぶりの下で照れくさそうに笑った。

「そうか」

虎丸は団子を見て、女を見て、それから大きく笑った。

「ではありがたくいただく。俺は虎王院虎丸。なにか困ったことがあったら遠慮なく言ってくれ。しばらくはこいつの屋敷に世話になっている」

虎丸は晴亮の背中をバシンと叩（たた）いた。

「陰陽師の寒月家だ。力になるぞ」

「寒月家？」

団子売りの女が目を丸くした。

「あの、むくどり御殿の？」

「おんみょうじ？」

周りに人々が集まってざわつき始めた。

「あそこ、人が住んでたのか？」

「あんた、そこに勤めているの？」

虎丸は人々を見回し、胸を張った。

「この男こそ寒月家当主の寒月晴亮、江戸一番の陰陽師だ。そして俺は虎王院虎丸。鬼退治、物の怪退治なら任せてくれ！　なにしろ俺は源頼光公の四天王の配下……」

「と、虎丸さん、そこまでそこまで！」

晴亮は虎丸の袖を引いて止めさせた。

「なんだ、いいところなのに」

「頼光さまの名前出しちゃだめですよ、八百年も前の話なんだから」

小声で言う晴亮に虎丸は下唇を突き出した。

「俺にとっちゃついこないだだ」

「だとしても」

「陰陽師ってなにができるの？」

団子屋の女が好奇心いっぱいの顔で晴亮を覗き込んできた。女性の顔をこんな間近で見たことがなかった晴亮は、「うわ」と小声で叫んでのけぞる。

「護摩壇焚いて誰か呪い殺したりするの？」

「そ、そんなことしません！」

あわわと首を振る晴亮に薬箱を背負った男が声をかける。

「あれだ、ホラ貝吹いて山の中走ったり」

「それは山伏です！」

「わら人形に釘打ったりするんだ」

別な男がしたり顔で言う。そのあとわいわいと勝手なことを言い出した。陰陽師が知られていないことに晴亮はがっくりと首を落とす。仕事を知られていないならお客がこないわけだ。

「陰陽師はみなさんの不安を取り除く仕事です。得体のしれない不安や悩み、どうしようもない不運、人智の及ばぬ困りごとなどをご相談ください」

「俺が貧乏だってのは？」

「腰が痛いのを診てくれるのかね」

周りの野次馬たちがからかうような調子で聞いてくる。

「そういうのはちょっと……。物の怪の仕業とかならなんとかなります」

晴亮が言うと町の人々はげらげら笑った。

「なんでえ、つまりは気休めかい」

「大体この江戸の町に物の怪なんて……」

若い男が笑いながら言ったときだ。その背中から真っ赤な血しぶきがあがった。男は笑った顔のまま、どうっと地面に倒れる。

「きゃあああっ！」

女の悲鳴が上がって通りはたちまち恐慌状態となった。

「なんだ！」「どうした！」「辻斬り（つじぎ）か！」

そこここで悲鳴があがる。着物の袖を切り取られた女、すねを斬られて倒れる男、傷ついた母親に抱きつく子供――。

「と、虎丸さん、これは」

晴亮は虎丸にすがりついた。

「たすけて！」

団子屋の女もしがみつく。虎丸は唇を噛（か）みしめ周囲を見回していたが、すぐに懐に手をいれると紙の包みを出した。晴亮が中の確認をしなかったものだ。その中から取り出したのは一枚の符だった。

「それは？」

虎丸は符を目の上にかざし、素早く周囲を見回す。

「――いた！」

「え？　な、なにが」

「見ろ！」

虎丸が符を渡す。そんな使い方は聞いたこともなかったが、晴亮は同じように符を目の上にかざした。すると、小間物屋の屋根の上に、両手が鎌になっている、毛だらけの獣の姿が見えた。

「あれは……！」

「鎌鼬（かまいたち）だ！」

虎丸は団子屋の女を自分の体から引き剝（は）がした。

「醬油（しょうゆ）をもらうぞ」

「えっ⁉」

屋台に駆けより、団子に塗っていた醬油の壺（つぼ）を摑（つか）む。

「ハル！　やつはまだ屋根の上か？」

「え、は、はい！」

名を短く呼ばれ、一瞬とまどったがすぐに返事をした。虎丸は屋根の上に醤油の壺を投げつけた。符をかざしていた晴亮は、鎌鼬が腕をあげて飛んできたその壺をたたき斬ったのを見た。

「ぎゃん！」

鎌鼬が悲鳴をあげる。見えなかったその姿は醤油に染まって赤黒く浮き上がった。

「化け物だあ！」

人々の悲鳴が大きくなる。

「借りるぞ！」

虎丸は通りにいた金物の棒手(ぼて)振(ふ)りから鍋(なべ)を一つ奪った。路面に出ている床几(しょうぎ)を足場に屋根の上に飛び上がる。左手に鍋を持ち鎌鼬に飛びかかったが、獣はすぐさま下に降り、通りを風のように通り過ぎた。人々が悲鳴をあげ倒れてゆく。

「くそ、動きが速い！」

虎丸も飛び降りて鎌鼬を追った。鎌鼬は通りから出ようとせず、縦横無尽に飛び回り、人々を傷つけている。

晴亮の目の前で幼い子供が血を噴いて倒れた。

「あ、あ……」

足がすくんで動けない。

「あ、あんた、陰陽師なんだろ、なんとかしてくれ！」

年配の男が晴亮の胸ぐらを摑む。

「化け物だ、物の怪がいるんだ！」

「わ、私は……！」

このあいだまで物の怪など見たことがなかった。自分の識っているのはみな書物に書かれたものだ。先人の記録をわくわくしながら読み、いつか自分も化け物退治をしたいと願っていた。

だが実際は。

「ぎゃあっ！」

男がのけぞって叫び、胸ぐらから手を離す。その背中が真横に斬られていた。

「ハル！」

鎌鼬を追い、走り回っている虎丸が叫ぶ。

「一瞬でいい、奴の足を止めろ！」

「…………」

「その符を使え！」

晴亮ははっと手の符を見た。墨で黒々と書かれた「急急如律令」の文字。そして中心に赤く描かれた五芒星！

識ってる、この符を自分は知っている！

晴亮はすばやく符の長辺を唇に滑らせると、それを見えている鎌鼬に向けて放った。
符は空中で蝶のように大きな翅を広げ、鎌鼬に襲いかかった。鎌鼬は翅に搦め捕られ、地面に倒れる。

「いいぞ、ハル！」

虎丸が化け物に追いつく。鎌鼬は両手の鎌を振るった。その鋭い刃を鍋の底で防ぐ。キインと澄んだ音が響いた。

猛攻を鍋で防ぎながら虎丸はじりじりと間合いを詰めてゆく。

鎌鼬が大きく腕を振り上げる。虎丸はそれを待っていた。飛び込むように懐に入ると両手で腕の付け根を押さえ、頭を思い切り獣の鼻面に打ち付ける。

「ガッ！」

のけぞった頭をすばやく両手で押さえ、すさまじい力でねじ切った。

振り上げられていた鎌がばたりと落ちる。虎丸はしばらく鎌鼬の頭を押さえじっとしていたが、絶命を確認して立ち上がった。

「成敗したぞ！」

獣の首を持ち上げ虎丸が叫ぶ。傷ついた人もそうでない人もわっと歓声を上げた。

虎丸は獣の死体を駆け寄った人々に見せていた。人々は獣の恐ろしげな牙や鋭い鎌に声をあげ、中にはおそれげもなく触れるものもいた。

「ハル！」

虎丸は人々の輪の中から彼を呼んだ。もうその名で呼ぶことにしたらしい。

「よくやった、さすが陰陽師（おんみょうじ）」

「わ、私は——」

虎丸は鎌鼬の体から符をはがすと晴亮に渡した。

「陰陽師って、すごいんだね！」

団子屋の娘が目を輝かせる。

「うちの醤油もすごいけどね」

「ああ、すごかった。醤油のおかげでやつの姿が見えた」

「でも壺がなくなっちゃった……」

「ハルが金を出してくれるさ。ああ、この鍋もな」

虎丸はまだ左手に持っていた傷だらけの鍋をかかげる。晴亮はようやく笑みを浮かべる余裕ができた。

「ええ、弁償しますよ……」

町の人々は晴亮も褒め称（たた）え、はからずもこの一件のおかげで寒月家の名は町の中で知られるようになった。

四

「どうしてですか」

「あ？」

家への帰り道、晴亮は虎丸に聞いた。

「どうしてこれの足を止めろと。私にできると思ったんですか」

虎丸は鎌鼬を背にしている。ぶらぶらと揺れるそれを見ながら晴亮は言った。

「私は天候を見たり、占いをしたりはできます。でも物の怪と対峙したのは初めてなんです」

「初めてじゃないだろう？」

虎丸は軽い調子で言う。

「最初に会ったとき、お前は霞の動きを止めたじゃないか」

「え……」

虎丸と霞童子がお堂から飛び出してきたとき。伊惟に襲いかかろうとする霞童子の動きを確かに一瞬だけ止めた。

「あ、あれだってできたのは奇跡みたいなもので」

「戦いに奇跡はない。できなきゃ死ぬだけだ。お前は符を使えた。だから任せた」

虎丸は雨が降ったから虹が出る、とでも言うような調子で答え、晴亮に笑って見せた。

「虎丸さんは私を……」

信じてくれたのか、あのたった一度の出会いで。

「ありがとうございます」

小さな声で言った。虎丸は聞こえなかったのかすたすたと先に歩いて行く。

晴亮はその背をしばらく見つめていたが、やがて駆けだしてその隣に並んだ。


「お米、これだけですか」

屋敷に戻ると伊惟が絶望の声をあげた。醬油と鍋に銭を払ったら、着物を質に入れた代金はなくなってしまったのだ。この米は町の人々が感謝のしるしとしておのおの分けてくれたものになる。

「ま、まだ着物もあるから……」

「そうだ、それにこいつの毛皮も売れるかもしれない」

晴亮と虎丸は交互に言って伊惟をなだめた。伊惟は虎丸が土間に転がした鎌鼬を気味悪そうに見た。

「なんです、これ。なんで手が鎌になってるんですか。これじゃあ化け物……」

「鎌鼬だよ」

「これが⁉」

「外で吊るして血を抜くから縄を持ってきてくれ」

虎丸の言葉に伊惟は奥へ駆けこんでいった。

虎丸は鎌鼬の体を四肢を持って仰向けにした。改めて死体を見たその目がすっと細くなる。

「ハル」

「はい？」

虎丸が指さした首筋に目を近づけると、そこに白い糸が巻き付いている。

「これは……着物を斬ったときにでも絡んだんじゃ」

「違う。こいつは霞の髪だ」

「霞童子の？」

虎丸は髪を取り外し、自分の指に巻いて引いた。銀色の光がきらめく。

「あいつ、俺が寝てる間にもう動き出しているようだ」

鬼の世にする、と時軸の穴に飛び込んだ霞童子。手始めに鎌鼬を操って騒ぎを起こしてみたのか。

「そうだ、虎丸さん」

晴亮は懐から符を出した。鎌鼬の動きを止めた符だ。

「これはどなたの符ですか？　ずいぶんと力が強い。おそらく私の符では本当に一瞬しか足止めできなかったと思う。あれだけ押さえつけられたのはこの符のおかげです」

「まあ、そりゃあそうだろう」

虎丸は指先で符を取り上げた。

「これは戻橋の師匠からもらったものだ。大江山に行くといったら俺たちに分けてくれた」

「戻橋……。まさか京の一条戻橋ですか!?」

思い当たって晴亮は思わず叫んだ。

「そうだ。知ってるのか？」

「知ってるもなにも……っ！　京、一条戻橋の陰陽師っていえば、安倍晴明さまじゃないですか！」

何度も書物で読んだ。晴亮の憧れる尊敬すべき最大の陰陽師。

「へえ。八百年たってもあの師匠は有名なんだ」

晴亮は鼻息も荒く虎丸ににじり寄る。

「あ、安倍晴明さまっていったらすべての陰陽師の憧れ、頂点に立つお方ですよ！

虎丸さん、晴明さまに会ったんですか？　どんな方でした⁉　術を間近でみたことは！」

「ちょ、待てよ、ハル お前、……ちょっと怖い」

「教えてくださいよ！」

伊惟が縄を持って戻ってくる。虎丸は興奮している晴亮から逃げ出すように、縄と獣を抱えて外へ出た。

「用心のためにと一〇枚ほどもらったんだ。俺はそもそも使えないからお前に全部やるよ」

「ほんとうですか⁉」

「ああ、お前の方がうまく使えるだろ」

虎丸は鎌鼬の足を縄で縛るとそばに生えていた木の枝に吊るす。血抜きのために股(また)の間に刀の刃を差し込むと喉元(のどもと)まで一気に切り裂いた。

「山の獣なら食べられるんだが、」

そう言ってちらっと晴亮と伊惟を振り向く。二人はぶるぶると首を振った。

終

夕食に今日手に入れた米を炊いて、庭の畑でとった大根、林の中の沼で釣った魚を食していた時、表の方でおとないの声がした。

「なんでしょう、こんな時間に」

伊惟が不満そうに箸(はし)を置き、「はーい」と玄関に駆けてゆく。だがすぐに戻ってきた。

「師匠(せんせい)！　客ですよ、お客様！」

「ええ？」

「しかも、今日町で師匠たちが化け物退治をしたのを聞いてやってきたって！　妖怪(ようかい)に悩まされているんですって！　お仕事ですよ！」

晴亮と虎丸は顔を見合わせた。鎌鼬退治が呼び水になったのだ。

「物の怪は霞が操っている場合もある。仕事は受けろ！」

「は、はい」

「値段交渉忘れないで下さいね！」

「う、うん」

右と左から言われて晴亮は子供のようにこくこくとうなずいた。

「じゃあお客様を座敷にご案内して……」

晴亮は立ち上がった。寒月家の物の怪退治、鬼退治はここから始まることになる。

第二話　影の家

序

ぱしん、と鋭く肉を打つ音と小さな悲鳴が同時に響いた。それから何かが倒れる音。

岩本三輪之介(いわもとみわのすけ)は勘定方(かんじょうかた)の勤めから帰ってきたばかりだったが、その音に羽織も脱がず駆けつけた。

「義母上(ははうえ)！」

障子を開くと義母がふすまの前でうずくまっている。手の下の頬が赤く腫(は)れていた。

その義母の前には父が立ちはだかっている。

「なんだ、戻っていたのか三輪之介」

父親は手をぶらぶらとさせた。今その手で義母を打ったのだ。

「どうされたのですか」

言いながら三輪之介は義母の横にしゃがんだ。

「大丈夫ですか、義母上」

義母は白く美しい面を上げて、弱々しく微笑んだ。

「……ええ」

「そいつがしつこいからだ」

父は吐き捨てるように言った。

「真紀の法要など必要ないと言っておるのに」

「母上の？」

三輪之介は肩越しに父を振り仰いだ。

「七回忌ですよ？　行うべきでしょう」

「三回忌も五回忌もやった。これ以上は必要ない」

冷たい言葉を投げられて、若い頬がかっと血を昇らせる。

「まだ六年しかたっていません。そもそも先の母上が亡くなったのは父上のせいでしょう！」

「なんだと！」

「父上が母上を殴って縁側から落としたから……っ！」

「三輪之介さん！」

義母が前妻の息子の腕に手をかけた。

「いいえ、申し上げます！　父上は千代どのも、義母上も殺すおつもりですか！」

「きさま！」

　岩本家の家長は立ち上がった息子を睨みつけ、手を振り上げた。息子はみじんも動かず打擲を受ける。

「母上の七回忌をないがしろにすれば、母上は嘆き悲しまれましょう。……祟りがあるかもしれませんよ」

「祟りだと!?　あんな心弱い女にわしを祟る根性などあるか！　幽霊になって恨み言のひとつでも言いに出てこないかと思っていたが、いまだに現れん。つまらん女だ」

「旦那さま……あまりにひどい。真紀さまは三輪之介さんのお母さまなんですよ」

「父上、義母上に謝ってください」

　支え合っている後妻と義理の息子を見て、岩本は下卑た笑みを浮かべた。

「血のつながらない母と仲がいいな、三輪之介。そういえばたった五つしか年は離れていなかったか」

「な、なにを」

　三輪之介の顔にかっと朱が昇る。夫のあまりの言葉に千代も青ざめた。

「父上！　今の言葉は私と義母上に対する侮辱です！」

「うるさい！　わしは出てくる。二人で仲良くやっておればいい！」

岩本は乱暴に障子を開けると、足音も荒く廊下を歩いて行った。きっと料亭にでも行って芸者をあげるのだろう。

「……あの父と血がつながっておるのかと思うと恥ずかしい」

三輪之介は歯嚙（はが）みした。そんな息子に義母は心配そうなまなざしを向ける。

「七回忌は難しいでしょうが、わたくしが墓参して、真紀さまのご冥福（めいふく）をお祈りしていただけるよう、お坊様に頼みます」

「はい……」

千代は床の上にある義理の息子の手に自分の手を重ねた。

「父上さまの言ったことは気にされませんよう」

「本当に申し訳ありません、義母上」

「大丈夫ですよ。わたくしはあなたの義母ですからね」


翌日、千代は一人で前妻である真紀が眠っている墓地に向かった。三日ほど続けて降った雪は、墓地を真綿の中に埋めていた。

千代は寺の和尚にわけを話し、屋敷で七回忌はやらないが、お経はあげていただきたいと頼んだ。和尚は腫れが残っている千代の顔を見て、不憫（ふびん）そうな表情になった。

千代は真紀の墓の前にしゃがむと手で雪を少し落とし、冷たい両手を合わせた。

「真紀さま、さぞかしご心配でございましょうね……」

千代が真紀の死後、岩本の後添えに入ったのは十八歳のときだった。そのとき三輪之介はまだ十三歳だった。十三歳でも大人びて優しい少年だった。

それから七年、懸命に母親のまねごとをして三輪之介を育てた。

十五歳も年上の岩本とよりは、三輪之介と過ごす方が楽しく、心穏やかだった。

五百石扶持、勘定役を務める岩本は、短気で小心ですぐに手をあげる我慢のきかない男で、何度実家に逃げ帰ろうと思ったかしれない。

そんな千代を引き留めたのは三輪之介だ。三輪之介を立派な青年に育て、やがては岩本家の当主にする。千代はそれだけを願って七年耐えてきた。

「真紀さま……それでもわたくしは……もうつらくなってまいりました……」

目に涙をため頭を垂れて祈っていると、す、と目の前に影が落ちた。はっと顔をあげるとすぐそばに僧侶が一人立っていた。

見たことのない、驚くほど美しい僧だった。まだ若く、そり上げた頭頂が日差しに輝いて、彼自身が光を放っているように見えた。

「お心になにか憂いがあるのですね」

僧侶は優しく言った。その声は極上の絹織物を撫でているような滑らかさがあった。

「わ、わたくし……」

千代は僧侶の顔に見蕩れて思わず言葉をこぼした。

「なにもおっしゃらなくて結構ですよ……。あなたの憂いは口にすることができないものでしょう」

千代は「あっ」と手で唇を押さえる。そうだ、確かに誰にも言えない秘密だ。

「この子をさしあげましょう」

僧侶は袈裟の下から手のひらにのるほどの小さな生き物を差し出した。それは三角の耳と金色の目、震えるひげをもった黒い子猫だった。

「この子はあなたの憂さを吸い取る……心配も悲しみもこの子に話してください。そして未来のためのお話も」

僧侶の手から千代の手に子猫は移る。毛玉のような小さな生き物を抱くと、ほんとうにすうっと胸が軽くなった。

「ああ……」

千代は子猫を撫で、それから顔をあげ、驚いた。美しい僧侶がどこにもいないのだ。

「お坊様……？」

千代は周りを見回して呼んでみた。

「お坊様……どこへ……？」

一

夕食の時間にやってきたのは、入江町で「古天堂」という看板で金貸しをしている商家の手代だった。

本所で晴亮と虎丸が化け物退治をしたという噂を主人が聞き、ぜひ力を貸して欲しいということだった。詳細は明日改めて自宅の方で、と言いおき、手代は少しばかりですが駕籠代の足しに、と金銭を置いていった。

「お金だー」

伊惟はふくさに包まれたお金を見て涙をこぼさんばかりだった。

「ハル、この金で米を買おう！　明日買いに行くぞ！」

定着した呼び名で虎丸が言う。

「いや、これは駕籠代だと」

「なに言ってんですか、そんなの名目だけのことでしょう!?」

「え？　そうなの？」

世間知らずにもほどがある、と伊惟は口の中で呟く。

「とにかく師匠！　この仕事絶対逃がさないでくださいね！」

「しかし明日伺ってみないとどんな話かわからないし……」

「化け物絡みなら任せろ、大丈夫だ」

　二人に応援され、翌日、晴亮は虎丸と一緒に金貸しの古天堂へ向かった。もちろん駕籠代は使わず、雪の上に二筋の足跡をつけながら。

「よくおいでくださいました」

　古天堂主人の治平は、大方の人間が思い描くごうつくばりな金貸し、との印象とは違う、柔和な顔の老人だった。

「実は長年お金をお貸ししていた方が先日亡くなられました。亡くなられる前に、貸していたお金の代わりに蔵にあるものを持って行ってよいと約定を交わしたのですが」

　治平はそこで大きくため息をついた。

「その蔵に、……出るんです」

「出る、とはなんだ？　幽霊か？」

　虎丸が身を乗り出す。

「いいえ、幽霊ならばお坊様に頼んで祓っていただくこともできましょう。しかしそこにいるのは……化け物なんです」

　治平は最後の言葉を小声で言った。まるで近くで誰かが聞いているのを恐れるかのように。

「化け物、ですか」

「その蔵には持ち主が集めた書物や巻物などが納められております。私は無学でわからないのですが、価値のあるものと聞いています」

治平の店のものが、葬儀のあった翌日、亡くなった主人の身内と一緒に蔵に入ったのだという。すると蔵の床いっぱいに書物が散らばり、その上になにかがうずくまっていた。

それは書物をぱらぱらとめくり、端から食べていたという。

亡くなった主人と同じ白い寝間着をきて、大きさも人間と同じの――。

「鼠だったそうです」

「鼠……」

毛の生えた腕や足、とがった鼻先、しかし目から上は人間で、まばらな髪を生やしていた。化け物は驚く使用人や息子たちに牙をむき、爪を立てて襲いかかってきたのだという。

――鉄鼠！

晴亮は脳裏にその妖怪の姿を思い浮かべた。

その名はまず「平家物語」に出てくる。頼豪という僧が自分の望みを叶えなかった当時の帝の子を呪うために断食して、死後鼠の化け物になったという伝説だ。安永五年（一七七六年）に刊行された「画図百鬼夜行」では、袈裟を着た大鼠の姿で描かれている。

「鼠の顔は前日に亡くなったご主人そのままだったそうです」

治平はそう言うとぶるっと身震いした。

「主人が死んだあと化け物になってしまったってことか」

「とても書物を大事にされていた方ということでした。借金を返すためとはいえ、私に蔵の中のものを渡すのが惜しくなられたのでしょう。しかし私も商売、それで諦めるわけにはまいりません」

治平は畳の上にきっちりと手をつき頭をさげた。

「どうか蔵の中の化け物を退治していただけないでしょうか？」


晴亮と虎丸は古天堂からその蔵のある家へと向かった。昨日やってきた手代がそこまで案内して、息子たちに話をするという。

「人が化け物になったのなら、あまり霞とは関係がないな」

虎丸にやる気がなさそうだったので晴亮は焦った。

「私一人では無理ですよ、化け物なら任せておけと言ったじゃないですか」

「相手は年寄りの鼠だろ、腕の振るい甲斐がないぜ」

　ぶつぶつ言いながらたどり着いた屋敷を見て、晴亮は「あっ」と驚いた。この家を知っていたからだ。

「ま、まさか、化け物になったというのは、沢野先生ですか！」

　屋敷に入り二人の息子に挨拶をする。初対面だったが相手も晴亮のことを知っていた。

「昔、父が歴史を教えていたお子さんでしたか」

　長男で、今は金物屋を営んでいるという耕蔵が思いがけない出会いに驚いた。

「はい。沢野先生には二年ほどお世話になりました」

　まだ父が生きていたとき、歴史好きな晴亮のために、国学者である沢野才與に歴史を習わせてくれたのだ。十歳だった晴亮は熱心な生徒だった。

「沢野先生がお亡くなりになっていたとは、存じ上げず申し訳ありません」

　晴亮も膝に手をついて頭をさげる。治平も沢野だと教えておいてくれればいいのに、と少し恨む。

「いえ、死んだあと成仏もせずご迷惑をおかけして恥じ入るばかりです」

　息子たちはもう四十も過ぎているだろう。父が化け物となった事実が心を責めるのか、憔悴しきった顔をしていた。

「私どもは国学者である父のあとを継がず、それぞれに商売を始めこの家から出ておりました。一人で暮らす父には蔵の中の書物が我が子同然、執着の塊になってしまったのです」

　兄によく似た弟の修次（しゅうじ）は父親を一人きりにしてしまった負い目があるのか、おどおどとした様子で早口で言った。

「どうか化け物に落ちぶれてしまった父をお救いください。きっと蔵から出れば、父は元の父に戻れると思います」

　そう言って二人が案内してくれた蔵の前に、晴亮と虎丸は立った。蔵の扉にはしっかりと錠前が下ろされている。周囲は雪がのけられ、黒い地面が見えている。

　晴亮は息子から借りた鍵（かぎ）を錠前に差し込んだが、回す前に虎丸を振り向いた。

「虎丸さん、お願いがあります」

「おう、なんだ？」

「私に沢野先生と話をさせてください」

　晴亮の言葉に虎丸は眉（まゆ）を寄せる。

「相手は化け物になってるんだぞ、話が通じると思うのか？」

「沢野先生は理性的な方でした。きっと一時の気の迷いです」

「気の迷いで化け物になられちゃこの世は化け物だらけだぜ？」

　からかうでもなく真面目な口調で虎丸は反論する。

「とにかく！　すぐに斬った張ったはやめてくださいね」

晴亮はいつになく強く言うと鍵を回した。がちゃん、と重い音を立てて錠前が開く。

一度大きく息を吸って、晴亮は蔵の扉をゆっくりと引いた。

真っ暗な蔵の中に表からの光が差し込む。日差しが届くところまで、晴亮は進んだ。閉め切られていたせいか、中は案外と暖かかった。

自分の影が足下から長く伸び、蔵の中に続いている。ゆっくりと進むと、光の届かない暗がりでなにかが動いている気配がした。

「あれは――」

晴亮がさらに一歩踏み込むと、甲高い笛のような音が響いた。同時に暗がりが上に伸び、左右に揺れ、晴亮めがけて崩れてくる。

「うわあっ！」

真上から襲いかかってきたのは鼠の大群だった。無数の鼠が頭と言わず腕と言わず鋭い歯と爪で晴亮を傷つける。

「ハル！　引け！」

虎丸に襟首を摑まれ後ろに放り投げられた。そのまま二人で蔵の外に撤退する。

扉に体を打ち付けるようにして閉めると、蔵の外で待っていた息子たちが驚いて駆け寄ってきた。

「ど、どうしたんですか」

「鼠だ」

虎丸は晴亮の着物にかみついている鼠を手ではたき落とし、頭の上のも摑んで地面に叩(たた)きつけた。

「数え切れないほどいやがるぞ」

「そんな。前に入ったときはそれほどは」

足下をすり抜ける数匹を見て、息子たちが声を上げる。

「先生とやらが集めたんだろうな、人を寄せ付けないために」

虎丸は忌々しげに蔵を見た。

「どうすればいいでしょうか」

耕蔵が蔵と逃げる鼠を交互に見て言う。

「とにかくまず鼠をなんとかします」

晴亮はそう言うと懐から紙と矢立を出した。

「鼠には猫です。猫を中にいれて追い出します」

晴亮は地面に紙を置くと、矢立の墨壺(すみつぼ)に穂先を浸し、さらさらと筆を動かした。紙の上に絵が現れてゆく。

「……え？」

虎丸が眉を寄せる。沢野の二人の息子も首をかしげた。

「よし、できた」

晴亮は紙を両手に持ち、はたはたと振る。墨を乾かしてから蔵の扉に近づいた。

「虎丸さん、扉を開けてください」

「いいけどよ、お前それ……」

虎丸はちらっと紙を見た。半紙に力強い線で描かれたモノ——。

「大丈夫です、開けてください」

「わ、わかった」

虎丸は扉に手をかけてそれを引いた。同時に晴亮が指を立て、呪言(じゅごん)を唱える。すると風もないのに紙がふわりと浮き上がり、蔵の中へ入った。

「行け！」

晴亮の言葉に紙は空中で姿を変え、勢いよく蔵の中に飛び込んだ。鼠たちがいっせいに後退する。だが、床に降り立ったと同時に、それはへなへなと崩れ落ちた。

「あ、あれ？」

扉の前で見ていた晴亮がうろたえる。

床の上のそれは立ち上がろうと何度もうごめくがうまくいかないようだった。

様子をうかがっていた鼠たちは、すぐにそれに飛びかかり、食いつき引き裂き、あっという間にぼろぼろの紙くずにしてしまった。

「な、なんで」

虎丸は蔵の扉を閉めた。がっくりと肩を落とす。

「なんでって、……わかんねえのか」

「え？」

「左右の足の長さが違えばちゃんと立つこともできないだろうが！」

虎丸は振り返って怒鳴った。

「え？　え？」

「ひげがなけりゃまっすぐ進めない。耳があんな横についてちゃ音も拾えない。尻尾もおかしいし、顔も変だ。新種の妖怪だと思ったぜ」

「そ、そんな」

晴亮が振り向いて沢野の息子たちを見ると、二人ともさっと顔をそむける。一人はこんな事態だと言うのに、口を押さえて笑いをこらえているようだった。

「ハル、お前はまず絵の練習をしろ」

言い捨てて虎丸は再度扉を引き開けた。わざと足音を立てて中に入ると、鼠たちの目が光る暗がりに立つ。

「……っ」

すうっと大きく息を吸い、

――うおおおおおお――っ！

人のあげる声とは思われなかった。叫び続ける虎丸の声は、まるで百の獣の咆吼が響いたようで、その音は蔵の中に跳ね返り、さらに膨れ上がって蔵全体を震動させた。

その途端、鼠たちは激流のように蔵の中からあふれ出し、入り口めがけて逃げ出していった。

「うわあっ！」

蔵の外にいた晴亮と息子たちは、足の間を走ってゆく鼠の川に悲鳴を上げて飛び上がった。からくり人形のように手足をばたばたと動かし、鼠を踏んでは悲鳴をあげる。

「……おおぉぉぉ……」

虎丸はようやく声を落とすと蔵の中を見回した。あれだけいた鼠の姿は今はどこにもないようだ。

「よし、入ってこい」

声をかけられ、晴亮はおずおずと蔵の中に入った。

「ね、鼠は」

「もういない。あとは——鼠の総大将だけだ」

晴亮は借りた手燭に火を灯し、虎丸と一緒に蔵の奥へと進んだ。

カサカサ、ペリペリと紙の音がする。

壁に沿って作られた棚にはぎっしりと書物が並び、そこに収まりきらないものは床の上に山になっていた。その山の麓にそれがいた。

「……沢野先生」

晴亮はごくりと息を呑んで声をかけた。それは白い寝間着を着た老人に見えた。しかし袖から覗く腕には灰色の毛が生え、背中にはいくつもの瘤が盛り上がっている。体の周りには細切れになった紙がたくさん散っていた。

「沢野先生ですか⁉　私です、寒月晴亮です。先生のもとで学んでいたときには晴太郎と名乗っていました！」

ぴたりと紙を食む音が止まった。

「先生、私に万葉集や古今集を教えてくださいましたよね。日ノ本の成り立ちや、神々や英雄たちの話を聞かせてくださいましたよね」

「ひ……む……あ、あ……わし……は」

キイキイとさえずる音の間にしわがれた声が聞こえた。言葉になっている、話が通じる、と晴亮は声を励まして言った。

「先生、今のご自身の姿がおわかりですか？　なんと情けない、浅ましい……。今すぐ元の理性的な先生にお戻りください」

「ここの……しょもつは……わしがあつめた、わしのものだ……かちもわからぬやつに……わたすものか」

ゆっくりと沢野——鉄鼠が振り向いた。その顔は鼻から下が鼠となったおぞましいものだった。長い牙をむきだし、鉄鼠は笛のような鳴き声を上げる。

「せ、先生！　先生はすでにお亡くなりになっているんですよ！」

「……このしょもつは……くにのたから……これらがちりぢりになり……うしなわれるなど、ゆるさぬ……じゃまだて……」

鉄鼠の手から書物が落ちる。ぎくしゃくと体を動かし、化け物は立ち上がった。

「——するな！」

血走った人の目が晴亮を射すくめる。着物の前が開き、毛むくじゃらの体が見えた。その恐ろしい姿に晴亮はすとん、と腰が抜け、その場にへたりこんでしまった。

「ぎいいいいいっ！」

鉄鼠が高く跳躍し、晴亮に飛びかかる。その爪が顔に届く寸前、晴亮の背後から突き出された刀が化け物の額に突き立った。

「がっ！　ああああっ！」

人のような悲鳴を上げて化け物はのけぞり、書物の山に崩れ落ちる。どさどさと紙の束がその姿を埋め尽くした。

「な、なんで……」

晴亮は弱々しく振り向いた。虎丸は怒ったような顔で見返す。

「なんでもくそも、話が通じなかっただろ」

「会話できてた！」

「そいつは書物への執着で人の心を失っていた。化け物なんだよ、もう」

「そうじゃない！　なにかもっと……もっとやりようが……」

晴亮は手で這(は)って崩れた書物の山をかきわけた。沢野の体が出てこない。下までの本をのけるとひからびた鼠の死骸(しがい)があった。

「そいつが正体だよ。お前の先生じゃなかったんだ」

「そんな……」

沢野の執着が、念が、この小さな鼠に取り憑(つ)いたのか。それがあの化け物を産んだのか。

「先生にたくさん教えてもらったのに……私は先生を救えなかった……」

天(あめ)の海(み)に　雲の波立ち月の舟　星の林に漕(こ)ぎ隠(かく)る見ゆ……晴太郎、この美しく胸の沸き立つ歌はどうだ。万葉の人々の澄んだ心をどう感じる……。

沢野の穏やかな声が耳元に蘇る。江戸の市中にいながら遙かな草原へ、海原へ、空へと、心を遊ばせることを教えてくれた師だったのに。

「化け物になった時点で人の心を捨てたんだ。お前が救う救わないって話じゃない。あえて言えば死なせてやることが——思いを断ち切ることが救いだ」

「そんな……」

虎丸はうずくまる晴亮を強引に立たせた。

「しゃんとしろ、お前は化け物を祓い、師匠を成仏させた。そう胸を張って言え、でないと」

ぱんと背中を手のひらで叩かれる。

「金子がもらえない。また伊惟に泣かれるぞ」

晴亮と虎丸は蔵の外へ出た。二人の息子、耕蔵と修次が心配そうな顔で待っている。

「安心させてやれ」

虎丸が小声で言う。晴亮はむりやり笑顔を作って息子たちに向き合った。

「中に巣くっていた化け物は……退治しました。あれは、沢野先生ではありませんでした。先生の姿を真似ただけのものです」

そう思いたかったのは自分だ。そうでもないと退治などという言葉は使えない。

「そ、そうでしたか」

「父ではなかったんですね！」

息子たちの目に涙が浮かぶ。

「よかった、よかった……私たちはずっと後悔していたのです、父のあとを継がなかったことを」

耕蔵がそう言えば、修次も涙をぬぐう。

「父は私たちを恨んでいたのではないかと思っていました……！」

晴亮は蔵の鍵を長男に返した。

「中の書物は全部古天堂さんに引き渡されるんですか？」

「はい、古天堂さんはそれらを必要とする人に売ってくれるそうです。ここで死蔵するより、そのほうが世のためになって父も喜んでくれるでしょう」

「そうですか……」

そのことを伝えられればよかった、と晴亮は後悔した。鉄鼠は書物の行方を気にしていたではないか。

（すみません、先生）

晴亮は空を振り仰いだ。青空に風が渡ってゆく。沢野の愛した万葉の空に、魂が風に乗って還ってゆけばいい――そう願った。

「——やはり、もっとなにかできたのではないか」

沢野の家から古天堂へ戻り、化け物退治の礼金を受け取った。その帰りの道すがら、晴亮はぶつぶつと繰り返した。足元がおろそかになり、何度も雪にとられて転びそうになる。

「先生の思い残しを、お気持ちを軽くすることができたんじゃないだろうか」

「あとから悔やむから後悔っていうんだ。そいつは次に活かせばいい」

何度目かの同じ言葉を、虎丸はうんざりした調子で繰り返した。

「次なんて……。私はもういやだ」

「おいおい、じゃあどうすんだ。陰陽師を辞めるのか？　商売替えするか？」

黙ってしまった晴亮の背を、虎丸はぽんと軽く叩く。

「こんな仕事ばかりじゃないさ。前を向けよ、お前は寒月家当主なんだぞ」

「虎丸さん……」

「まあ、次の仕事までに、絵をもう少し上達してもらわなきゃならんがな」

「そんなにすぐに次の依頼なんてこないですよ……」

しかし。

数日後にはまた別の依頼人が寒月家の門を叩いたのだ。

二

その日やってきたのは武家の奥方だった。紫のお高祖頭巾をかぶり、人目につくのを恐れたのか駕籠で門まで乗り付けてきた。

「町で噂の陰陽師とお聞きしました」

鎌鼬に続き、古天堂依頼の鉄鼠を退治したことは、深川あたりで評判になっているようだった。それを聞きつけたのだろう。

「実は、屋敷に障りがございます」

まだ若い奥方は青ざめた顔でそう伝えた。

「わたしくしは勘定役、岩本秀久の妻で千代と申します。我が家に、その……物の怪がいるようで……」

さすがに最後の言葉は恥ずかしそうに言った。それを信じたいのか信じたくないのか、本人も迷っているのだろう。

「姿を見たことはございません。でも障子がいつの間にか破れていたり、廊下を走る音がしたり、畳に爪痕があったりするんです」

話を聞いていた虎丸が「猫じゃねえのか？」とつまらなそうに言った。千代はその言葉に驚いた様子で顔をあげる。

「た、確かにうちには猫がおります。でもあの子はとても大人しく、そんないたずらなどしない子なのです」

「失礼ですが奥様が見ていないときにはしゃいでいるのではありませんか？」

晴亮も言ってみたが、千代は首を振る。

「猫は天井までのぼりますか？」

千代は青い顔でそう言った。

「爪痕が天井にもついているのです。それに、壁に血がついていることも」

懇願されて晴亮と虎丸は日を改めて岩本家に行くことにした。古天堂の一件で、この商売は金になると踏んだ伊惟の懸命な後押しもあった。

「お金は使えばなくなるんです、ご存じないかもしれませんが」

伊惟はそんなふうに揶揄した。

「うちに人間はたった三人しか住んでいませんが、そのうちの一人が五人分は食べますからね！」

鎌鼬、鉄鼠に続いてもうひとつ化け物退治をすれば晴亮の陰陽師としての地位は確立される。彼はそう思っているようだった。

本音を言えば、晴亮は化け物退治などしたくない。怖いし、沢野のときの後悔が心にくさびのように残っている。できれば陰陽道の研究だけをしていたかった。

「研究ならいつだってしてください、書物もどんどん買ってください。でもそのためには先立つものが必要です」

伊惟の言うことはいちいちもっともだ。そして伊惟のそんな現実的な物言いが、布団からほこりを出すように晴亮の背を叩いていた。

結局、自分はそうやって誰かに背を押してもらわねば動けないのかもしれない。

本所の岩本家は立派な門のある古い武家屋敷だった。代々勘定役という地位なだけはある。門から玄関までの門道は雪もきれいに掃き清められてはいたが、しかし、どこか薄暗い感じがした。

敷石の縁に植えられている背の低い植栽もところどころ枯れているし、雪の間から雑草も顔を出している。あまり家に手をかけていないように思える。

玄関につくとすぐに下男が出てきて二人を座敷に案内してくれた。

「ようこそおいでくださいました」

千代は自宅にいるのに先に寒月家に来たときより怯えている感じがした。

「夫と息子はまだ勤めです。今のうちに内をみていただけませんか？」

おそらく二人には内緒で動いているのだろう。千代の怯えはそのためかもしれない。

晴亮と虎丸は千代のいう畳の爪痕や破れた障子（それはもう新しく紙が貼られていた）、血痕（すでに拭き取られている）、天井の爪痕を見て回った。しかしどれからも悪い気は感じられない。とくに畳の爪痕は猫としか思えなかった。

「だが、天井のあの傷は気になりますね」

晴亮は座敷の天井についた小さな傷を見上げた。確かに猫があそこまで飛び上がって爪をたてるのは無理だろう。

「刃物の傷のように見えませんか？」

晴亮に言われて虎丸は「うーん」と眉を寄せて見上げた。

「確かに刃物の傷のように見える。だが、逆に言えば、刃物でつけられる傷だ」

「それって……」

「人がつけたっておかしくない」

誰かが千代を怯えさせるためにわざとつけたというのか？　屋敷内のものだとすれば使用人か家族か。

「あの……？」

後ろから控えめについてきている千代が不安そうに首をかしげる。晴亮はあいまいな笑みを浮かべた。

「それではこれからお屋敷に物の怪がいるかどうか見て参ります」

晴亮が取り出したのは虎丸が八百年昔から持ってきた晴明の符だ。それを目の上にかざし、屋敷のすみずみを歩き回った。物の怪がいれば見えるはずだった。

古くて広い屋敷の中を二人で歩き回る。すべて見て回るだけでもかなりの時間がかかった。

その間に使用人たちに千代の言ったような足音や気配を感じたかと聞いてみたが、だれも「知らない」「わからない」と言うだけだった。

「物の怪がいるんですかね」

厨房へ行ったとき、何人かの女中たちが寄ってきた。珍しい客に興味津々の様子だ。

「なにか気づいたことはありますか？」

晴亮は愛想よく聞いてみた。

「わたしどもはなにも。ただ奥様はとても怖がっていらしてね、わたしどものようなものにも、悪いことがおこるといけないからあまり部屋から出ないように、と申しつけられているんです」

「ふうん、優しい奥様じゃねえか」

虎丸は勝手に鍋の蓋を開けながら言う。

「そうなんですよ。お若いうちに後妻にいらして苦労されてるからですかねえ」

「へえ、後妻なのか」

「そうですよ、後添いといってもよくできた奥様で。あんなご主人さまにもよく尽くされて」

女中はあかぎれの切れた手を擦り合わせながら言った。

「あんなって？」

「あらやだ、わたしったら」

女中は口をふさいだが、まだなにか言いたそうだ。虎丸は乗ってやった。

「あんなってのはどんなだ？　もしかして女に手の早いすけべ親父か？」

「そうじゃないのよ、ご主人さまはね……」

女中は虎丸にひそひそと話をする。晴亮は聞いていないフリをしていた。主人の悪口をいう使用人など、信じられない。

「そりゃあ、ひでえな」

虎丸が同情めいた声をあげると「そうでしょう」と女中はしたり顔でうなずいた。

晴亮は虎丸を睨んだ。虎丸はそれをどうとったのか、片目をつぶってにやりとしてくる。意思が通じていないので諦めた。

そして二人はすべての部屋を見て回った。

「いませんね」

「すべて見たが、どこにも物の怪はいなかったぞ」

晴亮と虎丸がそう断言したが、千代は「はあ……」と納得のいかぬ顔をしていた。

「ところで奥様のおっしゃっていた猫の姿も見えなかったようですが」

晴亮は廊下に立って庭を見回した。猫は好きだ。いるなら会って抱いてみたい。

「はい、いつもわたくしの部屋にいるのですが、今は外へ遊びに行っているようです」

千代は不安に寄せていた眉を、少しだけ開いた。

「夕方には戻って参りましょう。本当にきまぐれで」

猫をかわいがっているのだな、と晴亮は微笑ましくなる。物の怪を怖がっていても
きっと猫がその心を癒やしてくれるのだろう。

「菩提寺でお坊様にいただいたんですよ」

「そうですか、なんて名前ですか」

「……あら」

千代は頰に手を当てた。

「名前……？　名前なんかつけていたかしら……」

「え？」

そのとき下男が廊下を小走りに走ってきた。

「お、奥様！　旦那さまがお帰りです」

「ええっ！」

千代はこの世の終わりのような声をあげた。

「そんな、まだお戻りの時刻では……！」

千代は着物の裾を翻して廊下を走る。玄関に行き着く前に、足早に歩いてきた主人と正面から出くわした。

「千代」

「だ、旦那さま」

主人である岩本秀久は背後に立つ晴亮と虎丸にぎろりと怖い目を向ける。ずいぶんと老けているな、というのが晴亮の印象だった。千代とはかなり歳の差がある。

「こいつらが陰陽師か」

岩本は晴亮たちの前に立つと、自分より背の高い虎丸をそっくり返って睨んだ。ついでその視線を晴亮に向ける。

「我が家になにか不審な点があったか？」

「い、いえ」

晴亮は身をすくめて答えた。居丈高な男を昔から苦手としている。

「そうであろう、ならばとく帰られよ。お主たちのようなものが出入りすれば岩本家の名に傷がつく」

「俺たちのようなもの、だと？」

　虎丸がずいと前に出る。

「どんなものだっていうんだ」

「人に不幸や不安を植え付けて金銭をねだる騙りであろうが」

　ぴくりと虎丸の眉が撥ね上がる。

「この虎丸さまを騙りだと？　源頼光さまが配下のこの俺を――」

「と、虎丸さん、それはだめです！」

　晴亮が急いで虎丸の袖を引いた。虎丸は舌打ちし、岩本を睨み返すだけにした。

「岩本さま、私たちは奥様のご心配の相談に乗っただけです。別に金銭をいただこうなどとは」

　伊惟が怒るだろうなと晴亮は思った。屋敷に出向いた足代だけでも請求させてもらった方がいいだろうか、しかし。

「……思っておりません。すぐに失礼します」

「か、寒月さま」

　岩本の背後で小さくなっていた千代が声をあげた。

「申し訳ございません、わたくしは――」

　岩本が振り向きざまその千代の頬を張った。千代は悲鳴もあげずに部屋の障子に体をぶつける。

「義母上！」

後ろから息子らしき男が走ってきて千代の体を支える。

「申し訳ありません、義母上。私がうっかりと口を滑らせてしまい」

「三輪之介さん……」

千代の唇の端に血が流れていた。打たれたとき歯で切ったのか。

「大丈夫です、わたくしが悪かったのです。旦那さまにご相談もせず」

「その通りだ、こんなくだらぬことを断りもなく。お前はわしの顔に、岩本家に泥を塗る気か！」

「いいえ、いいえ、旦那さま」

頭を下げる千代の首を岩本の足が踏みつけた。

「父上！」

これには息子も、見ていた晴亮も驚いた。他人の前でする真似ではない。

岩本は今更気づいたように、忌々しげに足を離した。常日頃からこうした行いをしているのだということがわかる。千代は廊下に額を押しつけじっとしていた。

「二度と来るなよ」

岩本はそう言うとわざと虎丸にぶつかって奥へと歩いて行った。虎丸は怒りに燃えた目でその背を睨む。

「この屋敷にいる物の怪がわかったぜ」

虎丸は毒づく。晴亮にもわかった。あの当主の暴力の気、それがこの屋敷の得体の知れない薄暗さの原因なのだ。


「大丈夫ですか」

悄然(しょうぜん)とうなだれている千代のそばに晴亮は膝(ひざ)をついた。義母を支える息子もまた、心配げに白い顔を覗(のぞ)き込んでいる。

「義母上、申し訳ありません」

「いいえ、わたくし自身の過ちです……」

晴亮はこのとき息子がちゃんとした大人なのに驚いた。義母とほぼ年齢が変わらないのではないか。確かに後妻とは聞いたがこんなに歳が近いのか。

「奥でお休みください」

息子が言うと千代は立ち上がってのろのろと部屋の中へ入っていった。

「お見苦しいところをお見せして申し訳ありません」

息子は晴亮たちに頭を下げた。

「私は岩本三輪之介と言います。父の下で支配勘定役を務めております」

「あんたは結構まともそうだな。あの親父の息子とは思えない」

　虎丸がぶしつけなことを言ったが、三輪之介は痛みを堪えるように笑っただけだった。

「父は昔から癇性で……」

「私たちは千代さまからのご依頼で屋敷を見て回りました。物の怪などの痕跡はありませんでしたので、これで失礼します」

　晴亮は頭を下げた。三輪之介はちょっと眉を寄せた心配げな顔になった。

「義母の気のせいということでしょうか」

「そう思います。不安や心配事がそういう気配を生み出してしまうのでしょう」

　言おうかどうしようかと迷ったが、結局言ってしまう。

「千代さまは……このお屋敷を出られてどこか静かな場所で静養されたほうがよろしいかと」

　あの旦那と別れて。

　言外に滲ませた意味を感じ取ったのか、三輪之介も小さくうなずいた。

「私もその方がいいと思っています。でも義母はああ見えて意外と強情で、屋敷を離れるなど承諾するかどうか」

「ほんとにおっかさんの身を案じているなら説得しろ」

　虎丸が怖い顔をしてみせた。

「物の怪に殴り殺される前にな」

さすがに息子は顔を引きつらせる。晴亮は虎丸の脇をかなり強く突いた。

玄関まで見送ってくれた三輪之介にもう一度頭を下げて、晴亮は言った。

「それでも千代さまにはあなたという心強い味方がいる。守ってあげてください」

「はい……」

しかし息子は頼りなげにうなずくだけだった。

「あともう一人……というか一匹ですね。猫も心の支えになっているようなので、大切にしてあげてください」

「猫？」

三輪之介が怪訝な顔をして小さく首を傾げた。

「義母が猫を飼っているんですか、見たことがありませんでしたが」

「そうなんですか」

もしかしたら内緒で飼っているのかもしれない。言わない方がよかっただろうか？

だがこの息子になら大丈夫だろう。

「お力になれることがあればまたご連絡ください」

晴亮たちはそう言って岩本家をあとにした。

三

帰ってから、案の定伊惟はきゃんきゃん吠えたが、最終的には「まあそういうところが師匠のいいところでもありますし」と許してくれた。それに虎丸が作っていた鎌鼬の毛皮が、話を聞いた古天堂主人に買ってもらえたので、しばらくは仕事がなくても大丈夫そうだ。

「古天堂さんはいいお得意様になってくれるかもしれません」

伊惟は金子を手に、にんまりして言う。

「金貸しは人の業をたくさん見てますから、きっと妖怪や因縁絡みで仕事を持ってきてくれますよ」

伊惟の言った通りだった。このあと古天堂はいろいろな相談事を持ち込むことになり、米の心配をしなくてよくなるのだが、それはまた別の話。

それからしばらくして、再び、岩本家から使いがきた。当主の岩本が亡くなったと言うのだ。

死因を聞いたが使いのものは口ごもり、どうか屋敷へいらしていただきたいと頭を下げるばかりだ。晴亮と虎丸は雪を蹴って岩本家へ向かった。

屋敷へゆき、案内のままに座敷へ向かうと、布団の上に岩本秀久が横たわっていた。

そばには千代と三輪之介が硬い顔で座っている。

「奥方さま……」

廊下に膝をついて声をかけると千代が青ざめた顔で振り向いた。

「寒月さま……物の怪です」

千代は膝の上に揃えた手を畳につき、ぐいっと晴亮に身を寄せた。

「え？」

「旦那さまは物の怪に殺されたのです！」

「義母上、それは……」

三輪之介が言いかけたが、それより先に虎丸がずかずかと座敷に上がり込んだ。

「血の臭いだ」

虎丸は膝をつくと晴亮や三輪之介が止める間もなく、岩本の布団を剝ぎとる。きちんと白い着物を着た岩本の体がある。胸元にさらしがみえた。

「岩本さまはお怪我を？」

晴亮は岩本の体と千代を交互に見た。

「……今朝方のことです」

千代は硬い表情のまま言った。

「急に旦那さまが呻き声をあげられました。わたくしはその声で目を覚まし、見ると旦那さまの体の上に黒い獣のようなものがおりました」

そのときのことを思い出したのか、千代の体が震え始める。

「わたくしは恐ろしさのあまり声もでませんでした。獣は旦那さまの胸の上で腕を振るっておりました。一振りごとに血が飛び散り、旦那さまは悲鳴をあげられ……」

千代が身を折って布団に伏せる。三輪之介はその震える背にそっと手のひらを当てる。

「わたくしは気を失ってしまい……朝になると旦那さまはもう息をしておられず」

「お医者は呼ばれたのですか？」

三輪之介はうなずいた。

「昔から懇意にしている先生をお呼びしました」

「お医者の見立てではなんと？」

三輪之介はためらった様子だったが、唇を湿らせて声を出した。

「獣の……爪痕のようだと」

晴亮と虎丸は顔を見合わせた。では本当に？

「三本の大きな爪が父の胸を縦横にえぐっていました」

「襲われたという寝室を見せてください！」

晴亮は立ち上がった。真実、物の怪の仕業なら、以前来たときに見抜けなかった自分たちの落ち度だ。

「こちらへどうぞ」

三輪之介は先に立って案内してくれた。千代は夫の枕元に突っ伏したまま、動こうとはしなかった。


「これは」

千代の言うとおり、凄惨な殺人が行われたらしい。寝室は壁と言わずふすまと言わず障子と言わず……とにかく上から下まで血まみれだった。

布団は隅にまとめてあげられていたため、畳にまでしみこんでいる血が見えた。

「ハル」

虎丸が畳の上に膝をついて呼んだ。見ると三本爪の痕が長く残されている。

「父君の体にもこれと同じ傷が？」

「はい」

息子は唇を噛んでうなずく。得体の知れないものに父の命を奪われたことを、悲しんでいるというよりは怒っているようだった。

「私が義母の言うことを軽く見ず、ちゃんと対策していれば」

「どう対策するっていうんだ。仕方がねえよ、こんなのは」

虎丸が慰めるにしては乱暴に言う。

「父上の死を千代田にご報告されるのですか？」

勘定方は江戸城に詰めて勤めている。黙っているわけにはいかないだろう。三輪之介は首を横に振った。

「上には父は急な病で亡くなったと伝えるつもりです。物の怪に襲われたなどとわかればどんなことを言われるか……お医師どのにもそのようにお願いしました」

悔しそうな口調だった。さきほどの表情はそのことも考えていたためだろう。

「家督は三輪之介どのがお継ぎになられるのですね」

「はい、城に届けを出してそれからですが」

三輪之介は血まみれの部屋を見回した。

「この部屋は片付けたあとは封印します。お二人には屋敷を見ていただき、物の怪が隠れているならば退治をお願いしたい」

「わかりました」

晴亮と虎丸は再度屋敷を回った。晴亮だけでなく、虎丸にも晴明の符を渡し、かざして見る。だが、前と同じように物の怪——人外のものの姿は見えなかった。

「どこかにうまく隠れているのか、それともいったん屋敷を離れたのか」

「いや、それはねえな」

庭に降りていた虎丸は腕を組んで周りを見回す。

「物の怪ってのはそんなに賢くねえ。そこにいる理由ってのがあるからいるだけだ。だから〝いったん〟なんて考えねえ」

「そうなんですか？」

「戻橋の師匠がそう言ってたからな」

安倍晴明がそう言うのなら確かだろう。

「そこにいる理由……ですか」

「ああ、人が死ねばその場に蠅はたかるし、思いが残る。そんなふうに生まれることもあるし――」

そこで虎丸は言葉を切った。あごに手を当ててなにか考え込んでいる。

「どうしたんですか？」

「いや、物の怪が現れる理由にもうひとつあったな、と」

「なんです？」

虎丸は身をかがめて晴亮に顔を寄せた。

「喚んだ場合だ」

「喚ぶ——呼ぶ？」

だれが。なんのために。いや……。

思い当たることがあって晴亮はずん、と肩が重くなったような気がした。

「まさか」

暴力を振るう夫に耐え続ける妻。苦しみは、恨みは積もってゆくだろう。

「普通の人間がそんな簡単に物の怪を喚べるとは思えません」

「こないだ妖怪(ようかい)に変じたじじいを退治したばかりだろ」

さっと晴亮の頭に血が上る。恩師の顔をした化け物を思い出すだけで体が震えた。

「あれは——！」

「人の思いの深さ強さは他人に測れるものじゃねえよ」

虎丸は廊下にあがった。千代たちのいる部屋に向かう。晴亮はあわててその背を追った。

「ま、待って！　虎丸さん、待ってください」

だが、虎丸は座敷の障子戸を開けた。そこには死んだ夫の枕元に悄然(しょうぜん)と座る妻がいる。

晴亮は虎丸の足下に滑り込む勢いで、彼の袴(はかま)の裾(すそ)を摑(つか)んで止めようとした。だが虎丸は懐から符を取り出し、それを目の上に当てる。

「……どうか？」

千代が不安げな表情で自分を見つめる虎丸を見上げた。

「……っ」

晴亮は目を閉じた。だが、虎丸は何も言わない。

「――――」

片目だけ開けて虎丸を見上げると、彼はむすっと口を閉ざしているだけだった。

「虎丸さん？」

「いねえ」

虎丸は符を懐に戻した。

「物の怪はいねえよ」

「そ、そうでしたか」

晴亮はほっとした。虎丸は千代に物の怪の姿を見なかったのだ。

「奥方さま。二人で屋敷を見回ったのですが、物の怪を見つけることはできませんでした。今はここにはいないと思われます」

「さようでございますか……」

千代は胸に手を当て、長い息を継いだ。その息を吐ききったあと、千代は背をまっすぐにして晴亮を見た。

「寒月さま、わたくしはそのうち寺へ入ろうと思っております」

「寺、ですか?」

「はい。前の奥様真紀さまと、旦那(だんな)さまの菩提(ぼだい)を弔おうと思っております。でも、それは三輪之介さんが当主となり、お嫁さまをもらって子供ができて……」

そう言うと千代はふふっと小さく笑った。場違いなほど明るい笑みで晴亮はひどく胸騒ぎがした。

「先の先の話ですね……菩提を弔う気があるのか、と思われたでしょう」

「いえ、そんなことは」

「寺になんか入るなよ、もったいねえ。あんたはこれからいくらでも楽しめるだろ、あんたの生を」

虎丸が言うと千代は晴れやかな顔をあげた。

「わたくし、今までも楽しんでまいりましたよ」

「そうかい?」

「あの、」

千代は畳の上に両手を揃えると、晴亮と虎丸を真摯(しんし)な目で見上げた。

「いろいろとお世話になりましてありがとう存じます」

「いや、私たちはなにも」

「些少(さしょう)ではございますが、こちらを」

千代は紙にくるんだものを畳の上に滑らせる。

「いえ、なにもしておりませんからいただけません」

千代は重ねて頭を下げた。

「お願いでございます、受け取ってくださいませ。そしてこのことは他言無用でお願いいたします。岩本が死んだことも、物の怪のことも。不吉な噂が立ちますと、三輪之介さんに輿入れ(こしい)の話もこなくなりますゆえ」

「いえ、しかしこれで終わったかどうかは」

言いつのろうとする晴亮を虎丸が止めた。

「これは口止め料だよ、ハル」

はっと晴亮は千代を見た。千代は気まずそうな顔でうつむいてしまう。

「武家の家で物の怪が出たなどとしれたら、確かに息子の嫁取りにも差し支えるだろ」

虎丸はさっと畳の上から紙包みを拾い上げると、それを晴亮の懐にねじこんだ。

「この件はこれで終わりにしたい。そうだろ、千代どの」

千代は黙って頭をさげる。髷(まげ)に挿した櫛(くし)が庭からの日差しにきらきらと輝いている。黒漆に青い螺鈿(らでん)細工の美しい櫛だった。

「……わかりました」

晴亮はその櫛に目を向けながら言った。

「こちらの符を置いていきます。怪しい気配を感じたらこの符をお持ちください」

晴亮は晴明の符を千代に渡した。千代はそれをうやうやしく両手で受け取り、頭をさげる。符も千代も変わりがない。物の怪はここにはいない。

晴亮の仕事は終わりだった。


岩本家を辞去し、武家屋敷が連なる通りを進む。大きな通りを越えるとたんにごちゃごちゃとした庶民の住居の群れになった。通りの雪は行き来する大勢の足で蹴散らされ、すでに乾いている。

歩いていると「なあなあ」と声をかけてくるものがいた。この辺りに住んでいる商売人の男らしい。

「あんたら寒月の陰陽師さまだろ」

親しげに声をかけられるなど初めてのことで、晴亮はうろたえた。

「おお、その通りだ。なにか用があるのか？」

虎丸がそんな晴亮に代わって愛想良く答える。

「いや、うちにはお祓いしてもらうような物の怪はいないんだがさ、岩本さまのところ、いったいどんな物の怪が出るんだい？」

「え？」

晴亮は驚いた。千代は口外するなと言った。屋敷の使用人にも固く口止めしているだろう。なのになぜ町の住民が知っているのだ？

「誰から聞いた？」

虎丸も不審に思ったらしく、笑顔を消して怖い顔をしてみせた。男は豹変した気配に驚き、逃げだそうとする。

「待てよ、教えろ。岩本の家に物の怪が出るなど、なぜ知ってる」

「町のものはみんな知ってるよ」

男は襟首を摑む虎丸の力に怯えた声で言った。

「いつか岩本の旦那が取り殺されるんじゃないかって、みんな言ってる。得体のしれねえもんが屋敷の中をうろついてるんだろ」

岩本家当主が今朝亡くなったことまでは知らないらしい。

「だから、誰がそんなことを」

「い、岩本の使用人連中だよ」

男は体をねじって虎丸の手から逃れた。

「使用人たちが？」

「奥方さまからじかに聞いたってやつもいるよ。あそこの奥方さま、よく梅田屋で着物を作っているからさ。そのとき話をしたって。あんたらの話もそのへんで聞いて頼んだんじゃねえの？」

「千代さまが……？」

晴亮は思わず呟いていた。物の怪の噂が立つのを恐れていた本人が話していた？

急に懐の金子がずしりと重くなった気がした。

「ハル」

虎丸がこちらを見ずに言った。

「岩本の物の怪話、これきりじゃねえかもな」

「はい……」

虎丸の予想通り、数日後、再び岩本家から使いが飛んできた。

四

しばらく晴れた日が続いていたというのに、その日の朝はまた雪が積もっていた。地上のすべての色が消えて白一色になっている。夜の名残の粉雪が、ときおりどこかからちらちらと降りかかった。

その道を晴亮と虎丸は小走りに駆けていた。岩本家から奥方の千代が倒れたという連絡を受けたのだ。

岩本の屋敷もまたすっぽりと雪に埋もれていた。そういえばこの屋敷にくる日はいつも雪が積もってるな、と場違いなことを晴亮は考えた。

「寒月さま、よくいらしてくださった」

玄関に飛び込むと三輪之介がすぐに顔を出した。

「三輪之介さま、千代さまは？　いったいどうなされたのです」

「それが……」

三輪之介は晴亮と虎丸を千代の寝室へと案内した。室内は火鉢が置かれ、鉄瓶も湯気をあげて暖められていたが、千代は死人のような顔を見せて横たわっている。布団が何枚もかけられ、その重みで潰(つぶ)れそうに見えた。

「お医師さまはなんと？」

「わからないと言うのです」

三輪之介は泣きそうな顔をしていた。

「昨日倒れてから目を覚まさず、体はどんどん冷たくなっていきます。でも吐く息は熱く、ぐっしょりと汗をかきます。お医師はとにかく体を冷やさぬようにと」

千代のそばで若い娘が手ぬぐいで顔の汗を拭(ふ)き取っている。雪の中に咲く水仙のように凜(りん)とした美しさを持つ娘だった。

「寒月さま、これは物の怪の仕業でしょうか？　父を殺した物の怪が、今度は義母(はは)を殺そうとしているのでしょうか」

　息子の声は震えて掠れていた。

「三輪之介さま、落ち着いて下さい。あなたは岩本家の当主におなりなのでしょう？」

晴亮は三輪之介の震える手をぎゅっと握った。その力に三輪之介もはっとして、ごくりと息を呑(の)む。

「失礼しました……私は……義母が心配で」

「よくわかります」

晴亮は千代の枕元を見て、三輪之介に聞いた。

「私は千代さまに符を渡しておいたのですが、三輪之介さまはそれをご存じですか？」

「符、ですか？」

晴亮は懐から晴明の符を取り出して見せた。

「はい。これと同じものです。千代さまはそれをどこに置いていらっしゃるでしょう」

「おそらく私室かと思うのですが」

三輪之介は廊下に立つと声を上げて女中を呼んだ。

「義母上の部屋を捜してくれ。このくらいの紙に文字と星形の印が描かれたものだ」

女中は了解して急ぎ足で廊下を去った。三輪之介が室内に体を向けると、「三輪之介さま」と、千代の枕元にいた娘が声をかけてきた。低めだが、柔らかく、綿に包まれたような温かい声だった。

「わたくし手ぬぐいをとりかえてまいります」

「ああ、ありがとうございます、藤尾どの」

藤尾と呼ばれた娘は島田に結った髪を揺らしもせず、すっと立ち上がると部屋を出た。晴亮と虎丸に丁寧な礼をする。

「……あの娘はなんだい？　ずいぶんとべっぴんじゃねえか」

姿を見送った虎丸が好奇心丸出しの言い方で聞いた。

「あの人は」

三輪之介の表情が少しだけ緩む。

「藤尾どのです。少し離れたところにある高宮どののご息女で、幼少の頃から藩の江戸屋敷にご奉公されていて、最近家へ戻られて……」

虎丸が手で扇ぐまねをして遮る。

「そういうこと聞いてんじゃねえよ。そのご息女がどうして千代どのの看病を、つまりあんたのそばにいるのかってことだ」

「藤尾どのとはその、家が近いので幼なじみというか、小さな子供の頃はよく遊んでいて……」

三輪之介の声が小さくなる。

「岩本家の当主になったときに高宮どのが藤尾どのを連れて挨拶にきてくださって、その、藤尾どのがとても美しくなっておられてびっくりしました。それで話をして、子供の頃のこととか、でも藤尾どのはとても美しく優しく……」

話の筋道はめちゃくちゃだったが、三輪之介が藤尾に好意を持っていることだけはわかった。

「昨日、なにかありましたか？」

藤尾が美しいのは十分わかったので、晴亮は千代のことを聞いた。

「昨日、ですか？　昨日は父の墓参りにいきました」

三輪之介は夢から覚めたようにさっくりと答えた。

「三輪之介さまと千代さまで？」

「そうです。七日前に父の葬儀を上役や同僚たち、親戚一同で行いました。そのあといろいろと手続きやら片付けやらがあり、昨日ようやく落ち着いて、二人で墓参りに行きました」

三輪之介はふうっと肩の力を抜いた。

「今日の雪を予感させるようなどんよりした空でした。墓地には私たち以外おらず静かなものでした。私たちは父の墓の前で手を合わせました。正直言って、あんなに心安く父の前にいたのは初めてでした」

　三輪之介は死人の顔をした義母を見つめた。彼女の額にはまだ丸い汗がふつふつとにじみ出している。

「これでようやく義母上に孝行ができると思っていたのです。私も義母上も、もうなにも恐れることも怯えることもなく、穏やかに暮らしていけると。二人で旅にも行こう、芝居を観たり、茶屋でおいしいものも食べようと楽しく話し合っておりました」

　晴亮はそんな微笑ましい話をしていた二人を思い、心が温かくなった。

「でも……そんな話をしていたら急に義母が倒れてしまって」

「話をしているときに？」

「はい」

「倒れるような兆候もなく？」

「はい、たぶん」

　三輪之介は心もとなげに答えた。

「思い出してください、そのときの千代さまの様子を。なにか見たり聞いたり、怖がったりはしていらっしゃいませんでしたか？」

　三輪之介は腕を組んで考え込んだ。

「芝居に行こうと言うと義母は今の甚五郎は何代目かしらと楽しそうでした。茶屋もずいぶんと久しぶりだと。志村屋というおしるこ茶屋が人気なのでそこに連れていくと約束したのです。そのとき、義母上に会っていただきたい人がいると」

「それは藤尾どのですか？」

「そうです。義母上とは当主祝いのときに高宮どのといらしたその一度しか顔を合わせていないので、ちゃんと紹介したかったのです。つまり、あの、近いうちに一緒になりたい人だと」

三輪之介は急に顔を赤らめ、言い訳のように急いで言った。

「会って間もないのになにを急にと思われるかもしれませんが、実は幼い頃にそういう約束をしていて」

「へえ、物の怪の噂のある家に嫁いでくれるのかい？」

虎丸がからかうように言う。

「藤尾どのはそういうことは気にしないとおっしゃってくれました」

三輪之介は少し子供っぽい表情になって言い返した。藤尾とのことは幼い日の思い出に直結してそんな顔になってしまうのかもしれない。

「千代さまは藤尾どののことは本当に知らなかったと？」

「ええ、とても驚いて……そうだ、そのあと急に倒れたんだ」

そのとき廊下から声がかかった。

「旦那さま、おっしゃっておられた符らしきものを見つけました」

「おお、そうか」

障子を開けると女中が廊下に膝をつき、手を差し出している。その手の中を見て、晴亮は驚いた。

「これは——」

「私が見つけたときはすでにこのようになっておりました」

女中は咎められると思ったのか、怯えた顔で答えた。その符は四つにちぎられた、ただの紙くずになっていたのだ。

「なぜこんな。千代さまが……?」

そのとき廊下の奥から女の甲高い悲鳴が響いた。

「藤尾どのだ!」

三輪之介は叫ぶと廊下を駆け出した。晴亮と虎丸もそのあとに続く。

悲鳴は台所からしていた。板の間に飛び出すと、大きな黒い獣のようなものが、藤尾の体の上に乗っていた。

「物の怪!」

黒い獣は金色の目を光らせてこちらを睨みつけた。縦に細長い瞳、中央と左右、三つに裂けた口、三角の耳——猫に似ていた。

「まさか、千代さまの飼っている猫とは……」

「藤尾どのを離せ！」

三輪之介が素手で飛びかかる。化け猫はそれを前足であっさり弾き飛ばした。三輪之介の体が晴亮の足下に投げ出される。

「貴様っ！」

虎丸が剣を抜いた。横に薙ぐが、化け猫は体をぐっとへこめて刃を逃れる。そのまま小さくなるとあっという間に晴亮の横をすり抜けて逃げていった。

「三輪之介さま、藤尾どのを！」

晴亮はそう叫ぶと化け猫を追った。

黒い猫は影のように廊下を走り、晴亮たちが出てきた部屋に入った。そこにはまだ千代が寝ているはずだ。

部屋に飛び込むと物の怪の姿はない。

「ハル、符を持ってるか」

「はい」

晴亮は晴明符を出してそれを目の上にかざした。

「いました、……千代さまの上です」

黒々と、重い水のように物の怪は千代の上に被さっている。千代は苦しげに呻いた。

晴亮は呪言（じゅごん）を唱えると符を物の怪に向けて飛ばした。白い符は生き物のように物の怪の体に飛びつき、その姿を実体化させる。

「よし」

虎丸は再び剣を抜き、用心深く千代の足側に回った。化け猫は千代の上で油断なく首を巡らす。

そのとき千代がいきなり起き上がった。化け猫は千代の体から振り落とされるでもなく、そのますっと彼女の中へ入ってしまった。

「なんだと⁉」

虎丸は目をむいた。千代はまるで操り人形のような動きで立ち上がる。

「このやろう……っ、千代どのの中から出ていけ！」

虎丸が刀を振り下ろす。

「だめだ、虎丸！」

晴亮が叫んだとき、刃は千代の首ぎりぎりで止まっていた。虎丸は舌打ちして剣を戻す。

「体は千代さまなんだ！」

「じゃあどうするよ」

「化け物を引き剝（は）がすしかないが」

千代はそんな二人に邪悪な、しかし美しい笑みを浮かべてみせる。虎丸がその顔に全身をびくりと震わせた。

「てめえ……」

虎丸が剣を縦横に振った。相手が千代でもお構いなしの乱暴な動きだ。

「虎丸！　やめろ！」

晴亮は悲鳴を上げた。きっさきが千代の着物を裂き、壁に斬り跡を残す。

部屋の隅に追い詰められた千代の両手の指の爪が、みるみる長く伸びてゆく。千代はそれを頭の上に振りかざした。

「避けろ！」

虎丸の声に晴亮はうつ伏せた。同時に背後の障子が切り裂かれる。岩本の死後、畳の上に残っていたのと同じ爪痕がついた。

「シャアッ！」

人とは思えぬ声を上げて、千代が虎丸に飛びかかる。

「うおっ！」

虎丸の剣が鋭い爪を受け止める。彼の胸くらいまでしか背のない千代だが、その力は虎丸を圧していた。

「くそっ、なんとかならねえのか、ハル！」

両足に力を込めてふんばりながら虎丸が叫ぶ。

「千代さま！」

晴亮は千代の背後から叫んだ。

「あなたはそんなものに負けてはいけない！　せっかくこれから三輪之介さまと、幸せで穏やかな親子になれるのに……！　どうか自分を取り戻してください」

晴亮の脳裏には恩師の一件がある。沢野の執着を晴らしてやれず、化け物のまま死なせた苦い後悔。千代にはそんな死を迎えさせたくない。

「千代さま！　三輪之介さまのことを思い出してください！」

「み、わ……のすけ……」

ぎりっと千代の首が振り向こうとする。虎丸を押さえ込んだまま、千代の首だけがぎりぎりと回った。晴亮は声が届いたことに勇気を得、さらに大きな声を上げた。

「そうです！　三輪之介さまです、あなたの息子の……！」

「ち、が、う……」

千代の目から赤い筋が落ちる。涙だ。血の涙が流れているのだ。

「違う!?　なぜです、あなたの望みは――」

「ちがう……ちが、う……」

「なにが、なにが違うんですか、千代さま」

そのとき不意に脳裏にひらめいたのは、千代の笑みだった。岩本秀久が死んだとき、千代は自分と話して、少しだけ笑った、あの笑み。

(三輪之介さんが当主となり、お嫁さまをもらって子どもができて——先の先の話ですね)

あのとき千代は幸せそうに笑った。その微笑みは三輪之介が妻をとることを考えたのでも、子を、孫の姿を想像したのでもない。先の先の話だから。

義母は藤尾どのと一緒になりたいという話をしたら急に倒れた——三輪之介がそう言っていたではないか。

そして町の住人の間に広まっていた噂……それを千代自身が流していたのなら。

千代は、三輪之介と、物の怪の噂が立って嫁の来手のない義理の息子と、ずっとずっと一緒に……。

「千代さま……ッ」

晴亮は声を振り絞った。

「それは、駄目です。それは許されない……! あなたは三輪之介さまを裏切ってはいけない!」

そのとき虎丸が千代を振り払った。千代の体は部屋の隅まで吹き飛んでしまう。

油断なく剣を構えた虎丸だったが、千代はその場でうずくまったまま動かなかった。

「な、なんだ？　あいつ、急に力が抜けて……」

「千代さま」

晴亮は千代に近づいた。虎丸が目をむいて「よせ、ハル！」と叫ぶがかまわなかった。

「千代さま、三輪之介さまの気持ちを裏切らないでください。三輪之介さまはあなたを誰よりも大事な母だと信頼しているのです」

「………」

ぐるる、と千代ののどの奥から人の出すものではない音が響く。

「私は──信頼は愛よりも強いものだと思います。誰があなた以上に三輪之介さまの信頼を得るでしょうか。あなたのお心の苦しさは私が聞きます。ずっと聞きます。あなたと三輪之介さまのつないだ絆(きずな)を、私に聞かせてください」

「うう……」

千代はゆっくり顔をあげた。その顔には邪悪さはなく、ただの悲しい女の顔だった。

「三輪之介さんは……わたくしを許してくれるでしょうか……父親を殺したわたくしを……」

「殺したのはあなたではありません。物の怪です」

「わたくし……わたくしは……」

そのとき千代の体がガクガクと激しく揺れた。髷が崩れ、髪がざんばらと背に落ちる。同時に千代の体から黒い煙のようなものが噴き上がった。

「ハル!」

黒い煙の中心にさっき飛ばした符がかすかに見える。

「虎丸! 符をッ! 符を斬って……!」

「うおおおおッ!」

虎丸が一蹴りで煙の中に突っ込む。刃のきらめきが十字に輝いた。

勢い余って障子にぶつかり、虎丸の体は廊下に飛び出した。そのまま庭に転がり落ちてしまう。

「寒月さま!」

廊下の向こうから三輪之介が走ってきた。

「義母は! 千代どのは!?」

三輪之介は晴亮に支えられていた千代をその腕に奪うと胸に抱きしめた。

「義母上! 義母上! よかった無事で!」

三輪之介の頰を涙が伝う。厚い胸に押しつけられ、千代は目をみはったが、そっとその胸に手を這わせた。

「三輪之介さん……わたくしを母と……まだ母と呼んでくれるの?」

「当たり前です、義母上は母上です。私の大切な、大事な母上です！」

「う、うう」

こらえきれない涙が千代の目にもりあがる。

「三輪之介さん、三輪之介さん……っ、ああああ――――」

千代は声を上げて泣いた。子供のように泣いた。嫁いでからずっと耐えてきた。夫の暴力に、三輪之介への思いに、孤独に、むなしさに。

声を上げて泣くのは武家の娘として恥ずかしいと、押さえつけられていた感情が今あふれ出している。

千代は好きな男の胸の中で、全部の感情を解き放ち、恋を諦めるために、諦める自分を慰めるために、大声で泣いた。

「いてて……」

庭に転がっていた虎丸が、頭を押さえながら起き上がった。

「手応えはあったような、なかったような……どうなった？」

尋ねる虎丸に晴亮は笑顔を向ける。

「大丈夫。物の怪は退治できましたよ」

畳の上には四つに斬られた符と一緒に、ひからびた子猫の死骸が落ちていた。

終

子猫は岩本家の墓の隣にひっそりと埋められた。指についた泥をはらい、千代は両手を合わせる。

昨日の雪はもう溶けて、緩くなった地面は掘りやすかった。

「……おつきあいいただいてありがとうございました、寒月さま」

千代は晴亮を振り仰いだ。

「いえ、でもこの墓の横でよかったんですか？」

晴亮は岩本家代々と掘られた石の墓を見上げた。

「はい。庭も考えたのですが、あの家を出たら手を合わせられませんから。ここなら旦那(だんな)さまの墓参りの折りに寄れますし」

「本当に尼寺にお入りになるんですか」

「はい。寺で自分の心と向き合おうと思います」

千代は小さな土まんじゅうに目を向けた。まだ瑞々(みずみず)しい椿の花を一輪、手向けにする。

「この子はわたくしに夢を見せてくれました。旦那さまを殺す夢……三輪之介さんを独り占めにする夢……三輪之介さんと一緒に楽しく幸せに過ごす夢……この子と二人でそんなことを考えていたときは楽しかった……」

千代の飼っていた黒猫を屋敷のものは誰も見ていなかった。黒猫は千代にだけ寄り添い、気ままに屋敷を出入りしていたのだろう。

「寒月さまは旦那さまを殺したのは物の怪だとおっしゃいましたが、わたくしが望んだことです。ですからわたくしの罪です。その罪を寺で償いたいと思います」

千代の顔はさっぱりと明るく、しかしどこかに虚無を抱えているようだった。

「時々、寒月さまのお屋敷に……話をしに寄せていただいてよろしいですか？」

「もちろんです、思い出話でも愚痴でも雑談でも、なんでも聞きますよ。三輪之介さまの代わりに茶屋や芝居にもお付き合いします」

勢い込んで言う晴亮に千代は寂しげな笑みを浮かべた。

「ありがとうございます」

一緒に寺を出ると門のそばに虎丸が寄りかかって待っていた。

「尼寺まで送るぜ？」

「いえ、結構でございます。息子の見送りも断りましたし、一人で歩いて行けます」

頭を下げて歩き出そうとする千代に、晴亮は最後まで胸にひっかかっていたことを聞いた。

「千代さま、あの猫はどうやって千代さまのもとにきたのですか？」

「ああ、あれは……」

千代はかすかに笑うと今出てきた寺を振り返った。

「あの子はここで、真紀さまの墓参りをしたときに、お坊様からいただいたのです。わたくしの心の憂さを晴らしてくれると」

「お坊様から？」

「はい、とても美しいお坊様でした」

千代はもう一度頭を下げると塀にそって歩いて行った。

「美しいお坊様……」

「坊主が化け猫をくれるわけがねえな」

虎丸がちっと舌打ちする。

「あっちこっちに物の怪のたねをまきやがる」

その言葉に晴亮ははっと虎丸の顔を見て、それから小さくなる千代の背に目をやった。

「まさか、……霞童子？」

「たぶんな。千代どのが化けたときの笑い顔、やつにそっくりだったぜ」

晴亮はあのとき虎丸が剣を振るったことの合点がいった。怒りが彼の理性を奪ったのだろう。

「霞童子はなにを考えてこんなことを」

へっと虎丸が首を振る。

「やつが考えることなんてひとつさ。この世を物の怪と鬼の世界にしたい。だからせっせと人の心の弱さにつけこんで物の怪を増やしている。ハル、お前の先生の念が鼠に取り憑いたのもやつのしわざかもしれねえよ」

鉄鼠と化したかつての師を思い出し、晴亮の胃がきゅうっと痛む。

「そんな……」

「まあどんな物の怪がきたって俺が退治してやるが」

虎丸はぱしんと晴亮の背を叩いた。

「でも今回はお前のお手柄だ。千代どのを正気に戻せたんだからな」

晴亮は虎丸の手から背中を逃した。

「私は……呼びかけただけです、虎丸さんが物の怪を斬ってくれなきゃ」

「ああ、それだがな」

虎丸はくるりと体を回して晴亮の前に立つと、彼の鼻の頭に指を押し当てた。

「化け猫のとき、俺のこと虎丸って呼んだだろ」

「え？　あ、そうでしたか、すみません」

晴亮はあわてて手で口を押さえた。

「いや、謝らなくてもいい。むしろ嬉しかった。あっちではそう呼ばれてたからな。だからこれからもそう呼んでほしい」

「え？　え？」

理解できないことを言われた子供のような顔の晴亮に、虎丸はにやりと笑う。

「だから虎丸ってよ、さんなんて抜きで」

「と、虎丸？」

「そうそう」

晴亮は口を開け、しばらくぱくぱくさせてからようやくもう一度呼んだ。

「虎丸……」

「おう」

「な、なんだか照れますね」

顔を赤くする晴亮の背を虎丸がぱしんと叩く。

「よろしくな、ハル」

「……はい」

ぴしゃりと草履の裏で雪解け水が撥ねる。もうじき春がくるだろう。気の早い梅の香りがかすかに通りに漂っていた。

第三話　肉の壺

序

晴亮は座敷で兄の明継と対峙していた。いつも客の話を聞く部屋だ。

座敷はいくつかあるのだが、大部分は使わず閉め切ったまま。昔は客も弟子も使用人も多かったはずなので必要だったのだろうが、今は伊惟と虎丸の三人暮らし。無駄に広い屋敷を持て余し、使う分だけ掃除すれば、ほんの二、三室で足りる。

明継は床の間を背にゆったりと足を崩して座っていたが、晴亮はその前にかしこまって正座している。

部屋の隅には火を熾こした火鉢が置かれ、鉄瓶から蒸気が勢いよく出ている。最近実入りがいいので炭をけちらずに済んでいるのだ。

「久しいな、晴亮。最近、名をあげているようじゃないか」

「い、いいえ。そんなことは。明継兄上に及びもつきません」

虎丸と伊惟は隣の部屋で襖に耳を当て、二人の会話を聞いていた。

「あの明継ってのはほんとにハルの兄貴なのか？」

虎丸が小声で聞いた。伊惟は大きくうなずくと、

「二番目のお兄さまで綾錦明継さま。江戸で有名な占師です。お城にも呼ばれるほどなんですよ」

「綾錦たあ、大層な名だな」

「占い用のお名前ですよ。ご自分でお付けになったんです」

「陰陽師だろ？」

伊惟は首を横に振るとさらに小さな声で言った。

「いえ、占師なんです。陰陽師としての寒月の名を捨て、夢占い、歌留多占い、水晶玉占い、手相に観相、器に残ったお茶のあとを見て占う茶占、星の軌道を見る星占い……とにかく古今東西ありとあらゆる占いに通じている方なんです」

「へえ、それにしても——ハルとは似てねえな」

虎丸は細く開けた襖から相手を眺めて呟いた。

「すっげえ美形だ。霞が化けているのかと思った」

晴亮の正面の明継は、腕のいい人形師が作ったような、華やかな美貌の持ち主だった。極上の男雛としてそのままひな壇に飾れるかもしれない。

肩の上まで長く伸ばした黒髪、白い瓜実顔、描かれたような弓なりの眉、切れ長の目からのぞく瞳は曇りもなく、通った鼻筋に赤い唇。その口元がちょっと意地悪げに持ち上がっているのが、できすぎた美貌を崩して逆に魅力的だった。

「明継さまのお客様はお金持ちの女性の方が多いんですよ」

伊惟は羨ましそうに言う。

「綾さま綾さまって、大層な人気で。遊郭にも何人もの太夫が明継さまを取り合っているとか」

「へえ、そりゃああやかりたいねえ」

一方の晴亮は虎丸たちのように気楽ではいられなかった。巷の噂が兄の耳に入っているなら、ここへ来た彼の目的はただ一つ。そしてそれは晴亮の苦手なことだったからだ。

「あの泣き虫で臆病で、なにをするにも私と亮仁兄上の後ろに隠れていたお前がねえ。化け物退治で評判をとるなんて」

「いや、評判だなんて」

「晴亮……！」

明継はふわりと立ち上がると一瞬で晴亮の前に移動し、その体を抱きしめる。

「えらくなったねえ！　いい子だ！　立派だ、やっぱりお前はできる子だ！」

「あ、兄上」

ぎゅうぎゅうと抱きしめてくる上等な着物から、兄の使う雅な香の匂いが溢れてくる。晴亮はそれにむせながら相手の胸を押し返した。

「おやめください、私はもう子供では……っ」

「私と亮仁兄上がお前を育てたのだ、私らからすればお前はいくつになっても小さな晴亮、私たちの子供だよ」

「あ、兄上！　ちょっと、もう……っ」

襖の向こうで見ていた虎丸はあっけにとられて伊惟を振り返る。伊惟は苦虫を嚙み潰した顔でうなずいた。

「明継さまはああいう方なんです。晴亮師匠を猫かわいがりするんですよ……こんなざまは明継さま贔屓のご婦人方にはお見せできませんね」

思う存分晴亮を撫で回した明継は、ようやく満足したのか元の位置に戻った。過分な愛情表現に、晴亮は畳に手をついてぜえぜえと息を整えていた。明継は晴亮の背後の襖を見て言う。

「今日は伊惟の他にも誰かいるようだねえ。その人が最近のお前の活躍を手伝っているのかな？」

晴亮はくしゃくしゃにされた頭を手で直しながら肩越しに振り向く。

「そうです。入ってきてください、虎丸さん」

伊惟は慌ててその場から去った。ばれてたか、と虎丸は苦笑し襖を開ける。

「ご紹介します。虎王院虎丸さんです。虎丸さんは八百年昔から鬼を追ってこの江戸の世にいらしたんです」

虎丸は部屋に入り、どかりと晴亮の隣に座った。目の前に座った大きな男にも、とんでもない紹介にも、明継は動じなかった。ただ赤い唇を楽しそうに持ち上げて、まっすぐに自分を見る虎丸を見つめ返した。


「なるほどねえ。昨日占ったときにずいぶん変わった卦が出たけど、虎丸どののことだったんだねえ」

一通り説明を聞くと、明継は弟の横に座った虎丸を無遠慮に眺めた。

「源頼光さまの配下で安倍晴明さまとも面識があると。いいねえ、素晴らしいねえ！生きた伝説が目の前にいるとは！」

「信じてくださるのですか？　兄上」

「晴亮が私に嘘をつくはずないだろう？　お前がそうだと言えば信じるよ」

常識では考えられないことをあっさりと呑み込んだ兄にほっとしたが、反応の軽さに逆に不安にもなる。

「ただ、亮仁兄上にはしばらく内緒にしておいた方がいいだろうねえ。あの人は私と違って頭が固いからね。信じようとしないかもしれない」

「そ、そうですね」

晴亮は虎丸の方を向くと、

「私にはもう一人兄がおります。渋谷亮仁と言って天文方で編暦に携わっております」

「天文方？　天文方は土御門家の役職だろう？」

虎丸がそう言うと、明継が柔らかく微笑みながら言葉を継いだ。

「元々はそうだったんだがねえ。でも貞享二年……虎丸どのの時代から七百年あとくらいに、それまで使用されていた宣明暦から貞享暦に変わり、それ以降幕府の職となったんですよ」

「ふうん、陰陽師の仕事がなくなるわけだ」

明継はにこりとして、ささっと右手で九字を切る真似をした。

「その通り。陰陽道は先細りだ。なので私は占いの道に生計を求めたのですよ、虎丸どのが生きた時代に行き、鬼や化け物相手に派手に暴れたかったですねえ」

「兄上、平安の鬼はこの江戸の世に混乱をもたらすために来たのです、そんな面白半分の話ではありません」

はしゃぐ明継に晴亮は声を強めて言った。兄はそんな弟に嬉しそうな顔をする。

「お前が今まで関わった妖怪退治にも関係しているらしいと言うのだろう？　まるで絵物語のようだ。となるとお前は活劇の主役だね。お芝居にもなるかもしれないよ。『葛の葉』のように」

安倍晴明や蘆屋道満が出てくる歌舞伎の演目の名を挙げてくる兄に、晴亮はため息をついた。

「……兄上の方でなにか鬼が関わるような事件は起きてませんか？」

「うん、そのことだが――もしかしたらその鬼の仕業かと思えるような不可思議な出来事を相談されていてねえ」

明継はぽんと膝を手で打った。

「不可思議な？」

「晴亮、私と一緒に吉原へ行ってくれないか？」

兄は膝の上に片腕を預け、ぐいっと身体を前に乗り出す。

「よ、吉原⁉」

「今吉原の縁妓楼という店で起こっている奇妙な出来事――これは人智の及ばぬ力が働いていると私の卦に出ていてね。ぜひとも妖怪退治の陰陽師、寒月晴亮の力が必要なんだ！」

一

吉原はむくどり御殿のある本所からそう遠くはない。吾妻橋を越えて浅草寺を左に見ながら日本堤まで、あとはまっすぐだ。

だが雪解けの泥道を歩くのを嫌がった明継は、吾妻橋から今戸橋までの短い間を船で行こうと提案した。日はまだ落ちておらず、風のない水面はぼんやりとした日差しを映している。晴亮や明継は船の中央で身を寄せて寒さを堪えていたが、虎丸は物珍しげに過ぎてゆく景色を見つめていた。

今戸橋で降りると今度は駕籠を使う。懐に余裕があるからできる真似だ。伊惟にばれたらなんて贅沢、ときいきい怒られるだろう。

日本堤は一本道で周りは田んぼだが、路上にたくさんの屋台や茶屋が出ており賑やかだ。晴亮は駕籠の中で、虎丸が興奮して飛び出すのではないかと心配していた。

進むごとに日は暮れ、吉原の前に到着したときにはすっかり夜になっていた。

吉原の大門は二本の柱で支えられ、上部に冠木と呼ばれる横棒が渡され、その上に屋根が載っている。

大門と言うからにはもっと豪勢で立派な門かと晴亮は想像していたが、思ったより質素だった。ここで駕籠を降り、晴亮と虎丸は明継について門をくぐった。

仲の町という大通りの両脇にたくさんの店が並んでいる。引手茶屋と呼ばれる、客を遊女屋へ案内する茶屋だ。たくさんの提灯を下げ、部屋には火を灯してどこもかしこも明るい。

明継は声をかけてくる茶屋には目もやらず、さっさと通り過ぎていった。しかし、虎丸は華やかな灯りに照らされた店をきょろきょろと見まわし、仲の町に交差する通りから見える遊女屋に引き寄せられていった。

「虎丸！　こっち！」

すたすたと前を歩く兄の背を追いながら、晴亮は虎丸の腕をとって必死に軌道修正しようとする。だが、虎丸はとろけるような顔で横の通りに入ろうとする。

「なにをしてるんです」

明継が戻ってきて言った。

「いや、ほら、あそこの女がこっちこいって手招いているから」

「遊ぶのにもお金がいるんです、虎丸どのはお足をお持ちで？」

「いや……、持ってない……」

「お仕事をしていただければあとは私が出しますので遊び放題です。ここは堪えていただけませんか？」

穏やかな口調だが有無を言わせぬ力があった。虎丸はしぶしぶ足を仲の町に向ける。

やがて明継が入っていったのは、江戸町一丁目と呼ばれる一角にある、大きな遊女屋だった。看板に『縁妓楼』とある。

店の暖簾をくぐると広い土間が延び、左手にすぐ板張りの廊下と畳を敷き詰めた広い空間があった。そこには着飾った遊女たちや客たちが入り乱れている。部屋の隅では食事を摂る遊女たちの姿もあった。

「これは、綾錦先生！」

楼主が畳の上を滑るようにしてやってきた。

「やあ、玉右衛門どの。そなたの悩みを解決しに参りましたぞ」

明継が言うと楼主、玉右衛門はぺこぺこと頭をさげた。小柄な男で明継の肩くらいまでしか背がない。着物を何枚も重ねて着ているところや、つるりと禿げあがった丸い頭のせいで、晴亮は剥いた鬼灯を連想した。

「こんなに早くお願いを聞いていただけるとは」

「なに、私も縁妓楼さんには世話になっているからね」

明継は晴亮を振り向いた。

「これは私の弟で陰陽道寒月家の当主、晴亮です。この弟がこちらの楼の心配ごとを解いてみせましょう」

「弟さまでございますか」

玉右衛門は晴亮を上から下まで見て、不可解な経文を見せられたような顔をした。似ていないのはわかっているので晴亮はうつむいた。

兄はそんな弟の背中を励ますように叩くと、楼主に花が咲くような笑顔を向けた。

「はい、この優秀な弟が、きっとこの縁妓楼を呪っている祟りも祓ってみせましょう」

祟りだって？

その言葉に晴亮はぱっと顔を上げて兄を見る。兄は素知らぬフリをして、あからさまに顔を背けた。

聞いてませんよ！

口だけをぱくぱくさせて抗議したが、こちらを見ていない相手には通じない。

「ではとにかく現物を見ていただきましょう。そのほうが説明するより早い」

楼主がそう言って二階にあがる階段を指したとき、晴亮の隣にいた虎丸がいきなり駆けだした。

「燕夜！」

そう叫んで一人の遊女に突進すると、すくいあげるようにして両手を摑んだ。

「燕夜！　おまえなぜここに⁉」

遊女は驚いた顔で固まっている。

「会いたかった、燕夜！」

「なにしやがるんだいっ！」

遊女は虎丸の手を振りほどくと、そのまま目の前の顔を打った。

「わっちは朱菊って言うんだよ、誰と勘違いしてやがる！」

「あ、あけぎく？　いやしかしお前の顔は……」

「と、虎丸！」

晴亮は飛んでいって虎丸の体を遊女からひきはがす。

「落ち着いてください。お知り合いなんですか」

「俺が京にいたとき通っていた店の——」

「だとしたら人違いですよ！　虎丸さんが京にいたのは八百年前なんですよ！　もうとっくの昔です」

その言葉に虎丸は水をかけられたような顔になった。

「……そうか……」

ふらりと虎丸は朱菊という遊女から離れた。

「とっくの昔……八百年も前に……燕夜は死んでいるのか」

そのうつろな顔に晴亮ははっとした。虎丸は、八百年の後の世界というのを本当は理解していなかったのかもしれない。八百年経てば虎丸の時代の人間はすべて死んでいる。彼はこの世界で――たったひとりなのだ。

「虎丸」

晴亮は虎丸の背に腕を回すと自分のそばに寄せた。自分より大きな男が急に幼い子供になってしまったような気がした。

「大丈夫ですか」

「………………」

虎丸は下を向き、自分の足を見つめている。

「――ちょいと」

しゅる、と着物の裾を引いて、朱菊が虎丸に近づいた。

「よくわかんないけど……あんたの思い人にわっちが似てるのかい？」

朱菊は細い指でうなだれている虎丸の顔に触れた。

「叩いちまって悪かったね、吃驚したもんだからさ。そのお人は死んでしまったんだね、かわいそうに」

顔を支えられ、虎丸が朱菊を見つめる。

「いい男がしょぼくれてんじゃないよ。あんたの思い人だってそんな顔は見たくないだろ、あんたさえよかったらここに通っておいで。わっちがたんと慰めてあげるから」

「あけ、ぎく……」

虎丸は頬に触れている朱菊の指をとると、その手のひらに唇を押し当てた。

「お前、いい女だな」

「よく言われるよ」

その途端、虎丸は朱菊を横抱きに抱え上げた。

「よし、床に行くぞ」

「はあ!?」

朱菊は両手で虎丸の顔を押し返す。

「馬鹿言ってんじゃないよ！　初回で寝るわけないだろ、吉原の掟を知らないのかい！」

「知るか！」

「虎丸！」

「虎丸どの！」

晴亮と明継も左右から虎丸にすがって止めようとした。虎丸はそれを無視して突き進もうとする。奥から遊郭で働く若い衆と呼ばれる男たちも駆けつけた。

縁妓楼の一階はぎゃあぎゃあわあわあと悲鳴が飛び交い、仲の町通りの客たちが覗き込むほどの大騒ぎとなった。

「ええー……、それではこれからお目にかけますのが、その、祟りを受けたのか呪いなのか妖怪の仕業なのかわからないのですが、被害にあった遊女でございます」

鬢もほつれ、髷も少しずれてしまった楼主が力ない声で障子を示した。

説明を受ける晴亮と虎丸も、疲れた顔をしている。虎丸の髪がぼさぼさになっているのは朱菊が逃れようとかき回したものだし、晴亮はとばっちりで若い衆に殴られ目の周りが青くなっている。

兄の明継は騒乱の中心にいたのにどういうわけか、毛ほどの乱れもなかった。

虎丸が朱菊を離すまでに四半刻、明継が虎丸にこんこんと吉原のしきたりを教え込むのに四半刻、結局、晴亮たちが仕事にかかれたのは店に到着してから半刻以上経ってからだった。

「では開けますよ、よろしいですか？」

玉右衛門はもう一度言って、障子に手をかけ、それを引き開けた。

「え……？」

障子の奥にはなにもなかった。いや、違う。あるのだ。白い布団のようなものがみっちりと詰まっていて奥まで見えない。

「これは……？」

なにがなんだかわからない晴亮を無視して、虎丸が手をあげてその塊に触れる。指が柔らかく中に沈んだ。虎丸は驚いた顔ですぐに手を離した。

「こりゃあ……肉だ」

虎丸は自分の手を見て、信じられないというように首を振った。

「え？」

「柔らかい、女の肉だ」

虎丸の言葉に応えるように、部屋の中から女の泣き声が聞こえてきた。

二

「この部屋の中いっぱいになっているのは……うちの一番売れっ子の花魁、夕里でございます」

楼主は別な障子も開いて見せた。そこからは上半身らしきものが見え、乳房だろうか、青い血の筋が透けているのが見える。もわっと甘い匂いもした。

「おとついから体が大きくふくれあがり、昨日からとうとう身動きもできなくなってしまいました。どんなお医者さまに見せてもわけがわからず、そこで綾錦先生に占っていただきました」

「私の占いでは、これは人の業であり、人の業でないと出た」

明継は謎のようなことを言う。

「なんだ、そりゃ」

案の定、虎丸が吠える。

「つまりことを為しているのは人外のもの、その人外のものを呼んだのは人であるということ。なので祟りか呪いだと思ったのだ」

「最初からそう言えよ」

「……い」

部屋の奥から小さな声が聞こえた。夕里という遊女の声らしい。

「どうした、夕里。苦しいのか」

玉右衛門が声をかけると、肉の塊がわずかに揺れる。

「……しにたい」

夕里の声はそう言った。

「このようなはじさらし……もうしんでしまいたい……」

声はくぐもって聞き取りづらい。肉に阻まれているためか。ただ振り絞るような哀しみに濡れていた。

「夕里、気をしっかり持つんだ。今すぐ寒月先生がお助けくださるから」

楼主は言いながら夕里の肉を両手で撫で、晴亮にすがるような目を向けた。

うっと晴亮は一歩下がる。そう言われても……妖怪退治を始めたのは最近で場数をこなしていないため、どこから手をつけていいのかわからない。人の体が一部屋を占領するほど大きくなることなど、今まで読んできた書物にもない……。

「こりゃあ、ねぶとりだな」

虎丸がぼそりと呟いた。

「寝太り？」

晴亮は一分の希望を得て虎丸を振り返った。

「ああ、俺のいた時代に同じような事件があった。俺は直接見てはいないのだが、戻橋の師匠に話を聞いたことがある」

「晴明さまに？」

「妖怪の一種だ。女に取り憑いてその体を太らせるという他愛ないやつだ」

ねぶとり。確かにそれなら聞いたことも絵を見たこともある。太った女が横になっているだけの絵だった。まさかこんなに大きくなるとは思ってもみなかった。

「太らせるのは女だけなんですか？」

「確かそうだ。男がでかくなったっていう話は聞いてない」

「太らせてどうするんですか？」

「生気を吸い取るんだ。暴れたりはしないが、このままじゃ取り憑かれた女は死んでしまうぞ」

晴亮は肉の壁を振り返った。人の命がかかっているなら躊躇はできない。

「退治法はあるんですか？」

「晴明の符は持ってきてるか？」

「は、はい」

晴亮は懐から符を取り出した。

「それで女の体を見てみろ。ねぶとりが巣くっている場所がわかるはずだ」

晴亮はすぐに晴明の符を目の上にかざした。上から下までいっぱいに詰まった女の体を見てみると、確かに体の中心に黒いもやのようなものが見える。

「見えました！　なにかいます」

「やっぱりな。あとは符を貼り、退魔の呪言を唱えればいい」

「そんなことでいいんですか？」

「言ったろ、他愛ない妖怪だって」

晴亮は晴明符を花魁の体に貼ってそっと撫でる。

「夕里さん、すぐに済みますからね」

符の前で九字を切ると指を立てて退魔の呪言を唱える。すると膨れた餅が冷めていくように、夕里の体が縮み始めた。

「おお！」

楼主が手を合わせてその様を見ている。やがて部屋いっぱいだった肉の塊は、うずくまった女へと姿を変えた。

「やった！」

喜ぶ晴亮の横をすっと明継が通り過ぎる。そして畳の上で呆然としている女に自分の羽織を脱いで着せかけてやった。その仕草は洗練されていて、まるで芝居の舞台のようだ。

「おかえり、夕里太夫」

「綾錦さま……」

遊女の顔はげっそりとやつれてはいたが、美しさは損なわれていない。その頬に涙が伝った。

「ありがとうございます、綾錦さま」

「おいこら、ねぶとりを退治したのはこっちだぞ」

虎丸が怒鳴ったが女は聞いていないようだったし、楼主も盛んに明継に頭を下げている。

「なんだ、あいつ。手柄を横取りしやがって」

「いいですよ、もう。誰の手柄だって、困っている人を救えれば」

怒る虎丸をなだめながら、しかし晴亮はとまどっていた。あっけなさすぎるのだ。

これで本当にねぶとりは退治されたのか……。

「きゃあああっ！」

その不安をけたたましい悲鳴が打ち破いた。晴亮と虎丸は廊下に飛び出て声の主を探した。

「ひいいいっ！」

女たちがバタバタと裾を絡げて逃げてくる。その向こうにむくむくと膨らむ肉の塊があった。

「た、たすけて……」

膨れ上がった妓女がこちらに手を差し出している。着物がはだけ、帯が緩み、腰紐がはじけ飛んだ。あっという間に女の肉が廊下いっぱいに広がってしまう。

「ねぶとりだ！　一体じゃなかったのか！」

「もしかしたら……」

晴亮は呟くと虎丸にもう一枚、晴明符を渡した。

「もう一度符を打ちます。これであの人をよく見ていてください」

「お、おう？」

晴亮は駆け寄ると、今や天井にまで膨れ上がった女の体に符をぱしんと貼った。

した。

「妖怪退散！」

呪言を唱えると女の体が縮み始める。半分くらいに縮んだとき、背後で虎丸の声がした。

「晴亮！　口から黒いやつが出た！　あれがねぶとりの本体だ！」

「追ってください！」

晴亮は呪言を唱えながら叫んだ。

「わかった！」

虎丸は符を額にかざして黒いもやのようなものを目で追った。もやは天井に沿って素早く動くと狙いを定めた遊女に襲いかかった。

「やめろ！」

虎丸はその遊女に飛びかかった。だが、一瞬遅く、もやは遊女の口の中に吸い込まれていった。

「朱菊！」

ねぶとりが入り込んだのは先に会った遊女朱菊だった。

「え？　え？」

朱菊の目にもやは見えない。だが、そのとたん、腕が、胸が、腹が空気を送り込んだように膨れ始める。

「いやあああっ！」

朱菊が悲鳴を上げた。虎丸は朱菊を捕まえると、その顔を押さえ、赤い唇に自分の唇を押し当てた。

「とっ、虎丸⁉」

呪言を唱え終わり駆けつけた晴亮は、目の前で行われている虎丸の暴挙に仰天した。

「なにをやって……！」

だが、膨れていた朱菊の体が元に戻り始めている。逆に虎丸が膨れだした。

「なにをしてるのだ、あれは」

いつの間にかそばに来ていた明継が囁（ささや）く。

「……吸い出しているんだ」

ぽんっと音をさせて虎丸が朱菊から口を離す。虎丸は倍くらいに大きくなっていたが、それ以上は膨らまない。だが、その体は内側からなにかが暴れているようにぼこぼこと変形し出した。

「……っ！」

虎丸は鼻と口を押さえ、晴亮を見た。苦痛に耐える表情の中で、その目だけが強く輝いている。なにか――なにか伝えようとしている？

（ねぶとりは男の体は膨らませられない。今やつは虎丸の中、中……？）

「そうか！」

晴亮は遊女の部屋に入ると部屋の中に視線を飛ばした。

「あった！」

床の間に飾ってある円筒の花瓶をとると、逆さにして花と水を捨てた。それを虎丸のもとへ持って行く。

「この中に吐け！」

虎丸は花瓶をとるとそこに顔を押し当て、ごぱあっと息を吐いた。晴亮はその上に晴明符を押し当てる。

「油紙と紐を！」

晴亮の声に、立ちすくんでいた遊女たちがきゃあきゃあと叫びながら言われたものを探し出してきた。

花瓶の口は晴明符と油紙でしっかりと押さえられ、紐でぐるぐる巻きにされた。花瓶はその間ずっとごとごとと晴亮の腕の中で暴れていたが、やがて——しん、と大人しくなった。

「……やった、のか？」

びくりとも動かない花瓶を抱いて、晴亮が顔をあげる。

「そうだった……」

花瓶の横に虎丸がごろりと横になる。息を止め続けていたせいで顔が真っ赤だ。

「こいつは退治できないんだった。戻橋の師匠も散らすだけだったな。こうやってなにかに封印するしかない」

虎丸は顔を晴亮に向けて笑った。

「助かったぜ。よくわかったな」

「はい――なんとなく」

虎丸は床に倒れたまま右手を上げた。晴亮はその手を握り、上体を起こすのを手伝った。虎丸は床に足を投げだし、大きく息をついた。

「よくやったな、二人とも」

明継がそばにきて床に膝(ひざ)をついた。

「見事だった。息の合った仕事だ」

「兄上……」

「本当に立派になった」

兄が手を上げたのでまた撫(な)でまわされるのかと身をすくめた晴亮だったが、明継はぽんと一度、頭を触っただけだった。嬉(うれ)しそうな兄の顔に晴亮も胸が熱くなる。

家を出た兄たちの代わりに寒月家を継いだが、陰陽道(おんみょうどう)が好きだというだけで、いつだって自信がなく、家はどんどん落ちぶれてゆくだけだった。

自分が寒月の当主になったのは間違いだったのだろうかと何度も考えた。だが、兄にこのような顔をしてもらえるようになったのだ。

「これからも精進します」

「うん」

明継は微笑んだが、一転真剣なまなざしで晴亮の胸を叩(たた)いた。

「お前が持っているこの晴明どのの符。これはあまり使わない方がいい」

「え？　なぜです？」

晴亮は驚いて問い返したが、明継は黙って首を振るだけだった。

「……虎丸さん」

小さな素足がそばに来た。朱菊だ。

「さっきはありがとう。びっくりしたけど、わっちを助けてくれたんだね」

「ああ」

朱菊は虎丸のすぐ横にしゃがみ、両手で彼の手をとった。

「初回も裏も返さなくていいよ。あんた、特別にわっちの部屋に呼んであげる」

「本当か？」

「あんなすごい口吸いをされちゃあね。わっちはあんたに……惚(ほ)れちまったよ」

朱菊は染まった頰を隠さず、潤んだ目で虎丸を見つめる。虎丸は笑顔で遊女の手を握り返した。

「ああ、俺も心底惚れてるぜ、燕夜」

その途端、平手打ちの音が響いた。朱菊が怒りに燃えた目で虎丸を睨みつける。

「わっちは朱菊だよ！　この唐変木！」

三

妖怪退治をしてくれたということで、緑妓楼の楼主、玉右衛門は明継、晴亮、虎丸を座敷に上げて祝宴を開いてくれた。

花魁や瑞々しい新造、三味線や太鼓を奏じる姐さんたち、かわいらしい切禿の禿たちが座敷を埋める。まるで色とりどりの花が咲く、花園のような華やかさだった。

上座に並んだ三人の横にとびきりの美女がつく。虎丸の隣は朱菊だったが、名前を間違えたせいでご機嫌をそこねたか、つんとそっぽを向いてしまっている。

明継は遊郭で二番目に売れっ子の華月という花魁を相手にしていた。楼主は夕里をつけようとしたのだが、当分は休ませてやってほしいと明継が頼んだという。

そして晴亮には三番手の都鳥という遊女がついた。華やかで明るい妓女で、萎縮している晴亮の世話をしてくれる。

晴亮はこんな場でどうすればいいのかわからない。女性と話すのも最近では岩本家の千代を除けば団子屋の娘くらいで、気の利いた話もできない。

「す、すみません」

三度目に酌をしてくれたとき、晴亮は都鳥に言った。

「私のようなものが客で申し訳ありません」

隣では明継が何か言って花魁はおろか、そばに並んでいる新造も笑わせている。

「兄のように楽しい話もできなくて……」

都鳥は少し驚いたように目を見開いたが、すぐに表情を和ませて晴亮の手をとった。

晴亮の頰に血が昇る。

「寒月さまはわっちらの仲間を救ってくださった方でありんす。遊郭に不慣れなら、どう遊べばよいかもおわかりにならないのは道理。しばらくは、ほれ、みなの踊りなどをご覧になってお楽しみくださいな」

部屋の中央では何人もの遊女が長いたもとをひらめかせながら踊っている。

「無理にお話などなさらなくても、ただお心をお楽にしてくだしゃんせ」

「す、すみません」

花魁は幼子を見るような優しいまなざしで晴亮を見つめる。牡丹のように艶やかな顔を見つめ返すこともできず、晴亮は目の前の踊りに集中した。

「なあ、朱菊」

隣では虎丸が猫撫で声で遊女の機嫌をとっている。

「もう間違えたりしねえから、ちょっとでいいからこっち向いてくれねえか？」

「知らないよ」

「お前の横顔もきれいだけど、正面の顔はもっときれいだからさ、ちゃんと見たいんだよ」

「正面から見たらまた燕夜とか言うんだろ」

「言わない言わない」

「――燕夜ってのはそんなにわっちに似てるのかい」

朱菊はそっぽを向いたまま言った。虎丸は下から覗き込むようにして朱菊の顔を見つめる。

「ああ、似てる。だがお前の方が垢抜けているな」

「燕夜ってのはどこの店の妓なんだい」

「京だよ。燕夜は芸子じゃなくて白拍子なんだ」

「白拍子？」

ようやく朱菊は虎丸を振り向いた。

「京には未だに白拍子がいるのかい」

「今はいるかどうかわからんが、俺の時にはいたんだ。燕夜は舞の巧(うま)い白拍子だった」

「わっちだって踊りは得意だよ」

朱菊は徳利(とっくり)の首を摘(つ)まんで虎丸に差し出した。虎丸は杯を両手ですくい上げ、うやうやしく酌を受け取る。

「あのさ、……燕夜って人は死んだんだろ」

朱菊は少し言いにくそうに言った。

「たぶんな」

「死に目には会えなかったのかい」

虎丸は杯に口をつけ、ちょっとだけすすると、杯の中にできた波紋に視線を向けた。まるでそこに誰かの面影が映っているかのように。

「ああ、……」

「会いたかったかい?」

虎丸は杯の酒を一気にあおった。

「誰だって、いつかは死ぬ」

トン、と杯を膳(ぜん)の上に置いて虎丸は答えた。

「燕夜は俺のここにいる。燕夜だけじゃない、金時も、頼光さまも、俺の大事な人たちはみんな俺の中だ。寂しくなんかないさ」

虎丸は自分の胸を押さえ唇の端を持ち上げた。朱菊は徳利の酒を膳の上の杯に注ぐ。

「じゃあ、……わっちもそこにいさせてもらえるのかい」

虎丸は杯をとらず、徳利を持ったままの朱菊の手をとった。

「一番いい桟敷を用意するぜ」

踊りが終わって女たちが中央から下がると、今度は料理が運ばれてきた。

「晴亮、縁妓楼は料理もかなりのものなのだ。楽しむといい」

明継に言われて晴亮は膳の上に目を向けた。見たこともないような美しい料理の数々に目がくらむ。

「あ、あの、これ持ち帰れますかね。伊惟にも食べさせてあげたくて」

思わず顔を上げて言うと、見つめていた都鳥と初めて目が合った。

「いい、というのはどなたでござんすか?」

都鳥が目を細めて問う。

「わ、私の弟子で……食べることが大好きな子でして」

晴亮は真っ赤になってうつむいた。

「早くに親と死に別れてずっとおなかをすかせてました。おひつにお米がなくなると大騒ぎして」

照れくささで余計なことまで話してしまう。都鳥は小さくうなずくと、

「わっちも家が貧しくて、六つのときに吉原へ売られてきぃした。初めて白まんまを食べたときには美味しくて泣いてしまいんしたよ。そのお子の気持ち、わかりんす」

「む、むっつで？　それはご苦労なさいましたね！」

驚いた晴亮が思わず大きな声を出すと、都鳥はきょとんとし、それからころころと笑い出した。

「主さまは素直で優しいお人でありんすね」

「い、いやそんな……」

「別にお弁当にしてもらいんすから、こちらはお召し上がりなんし」

「は、はい、ありがとうございます！」

そんな弟を明継は微笑ましい思いで見ていたが、ふと気づいて辺りを見回した。秀麗な眉がきゅっと寄る。

「晴亮」

明継は花魁の背後に体を倒し、弟の羽織の袖を引っ張る。

「え？　あ、はい」

晴亮はすぐに兄の方を振り向いた。

「ちょっと……」

外へ出ようという意図を察して立ち上がる。明継は部屋を出るとき、虎丸もついいた。朱菊と話していた虎丸はうっとうしそうにその手を払ったが、再度つついた明継の表情を見て、すぐに立ち上がった。

「どうした。宴から主役が三人も姿を消したら妙に思われるぞ」

障子を閉め、廊下に出た虎丸が囁く。

「壺がない」

それに明継が険しい顔で言った。

「え？」

「ねぶとりを封じた壺だ。私の後ろの床の間に置いておいたのだが、なくなっている」

「なんだと⁉」

明継は虎丸の口に指を当てた。

「大声を出さないでください。楼が騒ぎになる」

「誰かが持ち出したんですか？」

晴亮は廊下の左右を見回した。今は誰も通っていない。

「部屋から禿が一人いなくなっている」

明継が確信に満ちた口調で言った。

「よくわかったな」

「女の顔は忘れない。それが幼子でもな」

明継は真面目な顔で答える。虎丸はちょっと呆れた様子で肩をすくめた。

「踊りの時に華月に遊女たちの名を教えてもらっていた。いなくなったのはこねこという禿だ」

晴亮も幼い禿が何人かいたのは覚えているが、正直顔の区別はついていない。

「膳の片付けをしたり、花魁のたばこ盆を用意したりで、禿たちは私たちの周りを動いていた。そのとき持ち出したのだと思う」

「いったいなぜ」

「理由はあとで聞いてみよう。まずは壺を取りかえさねば」

通りかかった下働きの若い衆にこねこがどこにいるのか聞くと、禿たちが寝起きする部屋を教えられた。

「そこにいなければもしかしたら宮路花魁の部屋かも。こねこは宮路花魁にかわいがられていましたからね」

「宮路花魁？」

「せんに亡くなった花魁ですよ。亡くなるまではここで一番の花魁だったんですが」

三人は早足で廊下を行き、禿たちの部屋に入った。そこにも何人かいたが皆、こねこは来ていないという。

「宮路花魁の部屋はどこです？」

明継が聞くと禿が一人、案内すると立ち上がってくれた。

「宮路花魁は病気で寝付いてからはここにいました」

教えてくれたのは布団部屋だ。妓楼で一番だった花魁が最後に入る部屋としては小さく粗末な部屋だろう。明継は障子の前から呼びかけた。

「こねこさん、いますか？」

「開けないで！」

部屋の中から少女の声が聞こえた。明継は障子に手を当てると穏やかな声で話しかけた。

「こねこさん、壺を持っていったでしょう？　返してくださいな」

「だめっ！」

明継の声に覆い被せるように少女が拒絶する。

「それは危険なものなのですよ。中にいるのは人の命を吸う妖怪です」

「……違う」

弱々しい声が答える。涙を含んで湿った声だ。

「これは……花魁なの。宮路花魁なの……」

明継と晴亮は顔を見合わせた。

「どういうことですか、こねこさん」

「花魁は……妖怪に、ねぶとりになりたいって言ってた。だからこれは——宮路花魁なの！」

宮路花魁は縁妓楼で一、二を争う花魁だった。客も多く、昼も夜も座敷があり、それ以外にも教養を身につけるための修業のため、寝る時間もなかった。

そんな宮路は妖怪絵図を好んだ。かわいがっている禿のこねこによく絵図を見せて話を聞かせた。

「わっちはこの妖怪が一番好き」

宮路はこねこに一枚の絵を見せた。そこには太った女がだらしなく寝そべっている絵があった。

「妖怪ねぶとり。喰って寝てぶくぶく太る。いいねえ、わっちもこんなふうに昼もなく夜もなく、ただ眠っていたいねえ」

そして宮路は次の座敷に呼ばれてゆく。こねこは残された絵図を見た。幸せそうに眠っている女の妖怪。いつしかその顔が宮路に見えてくる。

宮地花魁がねぶとりになるならこねこも同じ妖怪になろう。二人してぶくぶくむくむく眠るのだ。

そんな宮路がある日倒れてしまった。それきり目を覚まさず、布団部屋に移され、三日後に死んだ。

名高い花魁の死とは思えないくらいあっけなく寂しい死だった。

こねこは宮路にもう一度会いたかった。夜の星に、朝のお天道様に、吉原の突き当たりにある九郎助稲荷に、何度も祈った。

そうしたらねぶとりが現れた。

「あれはきっと宮路花魁なの」

「違う！」

虎丸は力強く障子を開けた。部屋に重なった布団に埋もれるように、あどけない少女が壺を両手で抱きしめている。

「そいつはただの妖怪だ。お前の純な思いにつけこんでいるだけだ」

「うそっ！」

こねこは頭を強く振った。つまみ細工の赤い花が畳の上に落ちる。

「これは宮路花魁なの！　あたしはもう一度花魁に会いたい……たくさんの姐さんたちに取り憑けば、きっと花魁は戻ってくる！」

「おまえ」

虎丸は普段は愛嬌を見せる目を鋭くした。

「誰かにそう言われたのか」

こねこは懐に手を入れ、取り出したものを虎丸に投げつけた。思わず手でそれを払ったとたん、薄い布が破れて中から細かい粉が降り注ぐ。

「うわっ、か、からっ！　——はっくしょん！」

唐辛子(とうがらし)の粉をまともに浴びて、さすがの虎丸も動きがとまった。その横を壺を抱いたこねこが駆け抜ける。

「宮路花魁を取り返すの！」

こねこはそう叫ぶと廊下に飛び出し、取り押さえようとする明継の手を避(よ)けて晴亮に体当たりして、そして二階の欄干から壺を天井に向けて放り投げた。

このままでは壺は落ちて割れてまたねぶとりが現れる！

欄干から手を伸ばした晴亮の横を、何かが駆け抜けた。

「虎丸！」

虎丸の体が宙を舞った。落ちてくる壺を受け止め、それを胸に抱いてそのまま下に落下する——。

バキバキバキッ！

ものすごい音がして、一階の床に大穴が開いた。

「虎丸——っ!?」

晴亮は欄干から身を乗り出して階下を見た。こねこはへたっと腰を抜かし廊下にしやがみこむ。

「虎丸どの！　大丈夫か、返事をしてくれ！」

明継も欄干に手をかけ床の大穴に向かって叫んだ。

「虎丸！　虎丸！」

晴亮が叫ぶと下の方から「おーい」と声がした。ガラガラと木材が落ちる音がして、虎丸が穴の中から顔を出す。

「壺は無事だぞ」

そう言って封がされた壺を持ち上げてみせた。

「壺よりあなたは大丈夫なんですか⁉」

「ああ、俺も無事だ。手足も動くし、背中がちょいと痛むだけだ」

虎丸はぐるぐると腕を回す。晴亮も膝の力が抜けてしゃがみこんだ。

「……よかった」

ほっと息をもらす晴亮の背後ですすり泣く声がした。振り向くとこねこがぼろぼろと大粒の涙をこぼしている。

「宮路花魁……花魁が……」

「こねこさん」

晴亮は禿の正面に膝をついた。

「虎丸が言っていましたが、あなたは誰になにを言われたんですか？」

「…………」

「宮路花魁（おいらん）が戻ってくると、誰が言ったんです」

「……知らない姐さんが……」

こねこは泣きじゃくりながら答えた。

「九郎助稲荷にお参りにいったら、知らない姐さんが現れて」

それは見たこともない、とんでもなく美しい女だった。どこかよその店の遊女だろうが、その美しさは幼い少女には怖いくらいだった。その女が言ったのだ。

「お前の願い、かなえてやろう」

そして小さな種のようなものをくれた。黒い半月の形をして、朝顔の種のようだった。それを夜中に一番美しい花魁の部屋に放り込めと。

「言われた通りにしたら夕里花魁が大きくなって……ねぶとりだと思ったの。ねぶとりは花魁たちに取り憑いて、最後には宮路花魁になるってその姐さんが言ったから」

見たことのない美しい女、それはおそらく霞だと晴亮には直感的にわかった。

「これねこさん、それは鬼です。あなたの悲しさや寂しさにつけこんで化け物を育てようとしたんです。残念ですが、あなたはだまされたんですよ」

「そんな……」

「私と虎丸はずっとその鬼を追っているんです。鬼は世の中に不安と恐怖をまき散らそうとしている。宮路花魁は戻らない」

「いやだっ！」

　こねこはわっと泣き出した。

「花魁がいないなんて、もうかわいがってくれないなんていやだ！　あたしは花魁のように……花魁が大好きで、宮路花魁のようになりたかったのに！　花魁がもういないなんてそんなのいやだ！」

「こねこさん」

　晴亮はこねこの肩を抱き、ぐっしょりと涙と鼻水に濡れた顔を上げさせた。

「宮路花魁はこの世にはいない。でも、花魁は……あなたの中に、心の中に生きているんですよ」

　ひくっとこねこはしゃくりあげ、晴亮を見つめた。わかってくれたか、と晴亮が微笑んだとき、こねこは両手をあげて彼の胸をぽかぽかと打った。

「うそうそうそ！　あたしの中になんていない、いるんなら出して！　宮路花魁を返してよお！」

　わああと泣きわめく少女を持て余し、晴亮は助けを求めるように周囲を見回した。兄の明継がそんな弟を面白がっている顔で見つめている。

「兄上……」

「助けがいるかい？　晴亮」

「お願いします」

明継が近寄ってきたので晴亮は体を引いた。兄は弟と体を入れ替え、少女の前に片膝(かたひざ)をついた。

「ねえ、こねこさん」

明継は優しい手つきで切禿(きりかぶろ)のさらりとした髪を撫(な)でる。

「花魁はここにいますよ、ご覧なさい」

明継が懐から取り出し、こねこに見せたのは手鏡だった。泣き濡れた顔で鏡を覗(のぞ)き込んだこねこの顔が再び歪(ゆが)む。

「いないよ、あたしの顔だよ」

「いいえ、この中に宮路花魁はいますよ。花魁にかわいがってもらって教えてもらったこと、それは全部こねこさんの中にあります。そうでしょう？」

穏やかな明継の声に、こねこはもう一度鏡を覗き込んだ。

「今は鏡の中にはあなたしかいない。でも明日は？　あさっては？　一年後は？　五年も経てばきっと花魁があなたに微笑みかけてくれる。花魁を蘇(よみがえ)らせるのはあなたの努めですよ」

「綾錦さま……」

間近で優しく美しい明継に見つめられ、幼い禿の表情の中に、女の光が差した。激情とは違う血の気がこねこの頬を染め、涙に溺(おぼ)れていた目がとろりと溶ける。

「本当に、花魁がこの中に……」

「ええ。私はあなたが立派な花魁になるのを楽しみにしていますよ」

明継は手鏡をこねこに握らせる。こねこはそれを胸に抱き、こくりとうなずいた。

すっかり落ち着いた少女を見て、晴亮は（同じことを言ったはずなのになぜ？）と釈然としない気持ちになっていた。

四

明継はもう少し遊郭に残ると言い、晴亮は虎丸と一緒に帰途についた。華やかに灯(あか)りの灯(とも)る吉原の大門から出ると、茶屋などはあるにしても、夜道は暗い。

道をしばらくいくと大きな柳が立っていて、虎丸はそこで振り返った。吉原の塀の中から灯りがあふれている。

「その柳、見返り柳と言うそうですよ」

晴亮が声をかけた。

「吉原から出た客は、必ずもう一度振り返るそうなんです」

「へえ」

冬の夜空に立っている柳は今は葉もなく、女の濡れ髪のように細い枝をなびかせているだけだ。

晴亮は壺を抱えている。虎丸が身を挺して守った壺だ。これは屋敷の蔵の中にでもしまっておくしかないだろう。

「ほんとに体は大丈夫なんですね」

「ああ、受け身もとったし、丈夫なだけが取り柄だからな」

虎丸はぐるぐると腕を回してみせる。その手には風呂敷包みが下がっていた。縁妓楼から作ってもらった弁当だ。三つもある。

「吉原の依頼は豪勢でいいな。また妖怪がでるといい」

虎丸はそんなことまで言う。

「それにしても霞童子、あっちにこっちに働きすぎですね」

「そうだな、こせこせとみみっちい悪事ばかり働きやがる」

虎丸は苛立たしげに言い、右手の拳を左手のひらに叩きつけた。

「京の都でも鬼共はあちこちで悪さをしていたがな」

「そうなんですか」

「陰陽師の数も戻橋の師匠だけでなく、何人もいたから対応できた。今、江戸には何人くらいいるんだ？」

「さ、さあ。陰陽師同士で連絡をとったりはしないのでわかりません」

「そんなものか」

虎丸ははあっと白い息を夜空に吐いた。

「……星の姿はあまり変わっていないな」

吉原をかなり過ぎればもう田畑だけになり、辺りはまっくらだ。手に持っている提灯だけが道を照らしている。そのため、星がくっきりと見えた。

「京の空と変わりませんか」

「八百年前と変わらないな」

虎丸の言葉に晴亮は吉原でのことを思い出した。朱菊という遊女に燕夜と叫んで駆け寄った虎丸。燕夜は死んだのだな、と呟いた横顔。

「……大丈夫ですよ。霞童子を捕らえれば、きっと元の京へ戻る手立てがわかります」

「だといいが」

思い人を京に、過去に残してきているのは辛いだろう。時代が違う、ということがいったいどんな気持ちなのか、晴亮には想像もつかない。ただ、虎丸が一人きりだということしか。

「あの、もしかしたら、ですよ」

「あ？」

晴亮は声を明るくして言った。

「朱菊さんがすごくその、燕夜さんという方に似てたんでしょう？　もしかしたら燕夜さんの血筋なんじゃないでしょうか」

「燕夜の？」

「ええ。燕夜さんが子供を産んで、その子供がまた子供を産んで……そうして巡りに巡っていつしか江戸に朱菊さんが誕生した。そういうことも考えられるじゃないですか」

「燕夜が子を？」

いぶかしげな虎丸の声に晴亮ははっとした。失言だった。燕夜が子を産むということは、虎丸以外の男性と関係を持つということで……。

「あ、いえ！　嘘です、馬鹿なこと言いました。すみま、」

「燕夜が子を産むことはないな、あれは男だから」

虎丸は先に進みながらぽんと言葉を放り投げた。

「は？」

晴亮は歩を止めた。

「え？　だって……白拍子なんですよね？」

「燕夜の一座は遊白座と言う稚児舞の一座でな。燕夜はそこで白拍子になって舞を舞ってたんだ。遊白座のものはみんな男だぞ」

「ええっ⁉」

驚く晴亮に虎丸は笑い出した。

「すまん、言っておけばよかったな」

「だって、虎丸、朱菊さんにだって言い寄って」

「別にきれいなら男でも女でもいいぞ。まあきれいでもお前の兄のようなのは手を出しづらいがな」

とんでもないことを言い出すので晴亮は焦って大声を出した。

「あっ、兄には手を出さないでください‼」

「燕夜だけじゃなくて、女でも京に置いてきたのはたくさんいる。梅が枝や白椿……ああ、こさめもかわいかったなあ……。みんな俺の帰りを待ってるだろうなあ」

「ちなみに……虎丸の思い人って何人いるんです？」

震える晴亮の声に虎丸はひいふうみいと数を数えだし、片手で足りなくなってもう片方の指も折り始めた。

「いや、もういい！　もういいです！」

「なんだよ。なにを怒ってるんだよ」

「真面目に虎丸を思いやった私が馬鹿だった」

「だから、なんだよ。俺を慕う女や男がたくさんいるのが気に食わないのか？　まったくこれだから経験のないものは……」

「うるさい！　早く帰りますよ、伊惟が待ってます！」

「おい待てよ……！」

暗く寂しい一本道に、大声でわめきあう声が響いていた。

終

吉原の事件が終わってしばらくすると、気の早いうぐいすの声が聞こえ始めた。むくどり御殿の庭は荒れ放題だが、中に見事な梅の木がある。馥郁(ふくいく)とした香りが暖かな空気と一緒に頰を撫(な)でると、春が来たなあと心が騒ぐ。

そんなのどかな日の午後に、新しい客がやってきた。

「なんと、お役人さまですよ！」

駆け込んできた伊惟は声をひそめて言った。

「用水路を掘ってらっしゃるそうで……これはいよいよ大きなお仕事の予感。師匠(せんせい)、絶対引き受けてくださいね！」

期待する伊惟とは逆に、晴亮は気が重い。お役人絡みだと、しきたりや瑣末な事柄をつつかれ、苦労することが多いからだ。

「まあ大丈夫だろ」

憂鬱そうな顔をする晴亮の背中を、虎丸は軽く叩いた。

「俺たち二人でかかればどんな化け物だって片づけられるさ」

根拠のない励ましを背に受けて、晴亮は客人の待つ座敷へと向かった。

第四話　鬼の遊戯

序

晴亮の前に二人の男が座っている。二人とも羽織袴だったが、一人は武士で一人は町人だった。

武士の方はまだ若く、おそらく晴亮とそう変わらないだろう。細面の色男だが、どこか怒っているような無愛想な顔をして、晴亮とは視線をあわせず部屋のあちこちを見ていた。

もう一方の年かさの町人の方は、冬だというのに日焼けの跡が濃く、太い首が盛り上がった肩の中に埋まっているような、がっちりとした体をしていた。商家の主人とは思えず、なにかしらの職人ではないかと考えた。

「普請奉行の窪塚さまとお聞きしましたが」

「正しくは普請下奉行である」

窪塚はにこりともせずに答えた。普請下奉行とは江戸城下の土木作業の監督をする役職だ。

「それで、今日はどういうご用件で」

「私は！」

初めて窪塚が晴亮の目を見つめた。

「本当ならここへ来るのは反対だったのだ！　化け物など、そんなふざけた話、信じられぬ。工期の遅れの言い訳にしてももう少しましな嘘をつけと言うのだ！」

いきなり怒鳴られて晴亮は目を白黒させる。救いを求めるように隣に座った職人を見ると、そちらは申し訳なさそうな顔で頭を下げていた。

「あの、いったいなんのお話ですか」

こちらの方が話が通じそうだと顔を向けたが、侍を差し置いて話ができないらしく、ただ困った様子でちらちらと隣を見ている。

「窪塚さま。工期と言われましたが、なにかお役目に差し障りが出ているのでしょうか」

丁寧に尋ねてみると、窪塚は盛大に鼻息を噴き出した。

「用水を掘っているのだ」

「用水……。どちらに？」

窪塚は職人に目をやり、「人足頭の蔵六から話をさせる」とそっけなく答えた。

ようやく話が進むと晴亮は安堵して、蔵六と呼ばれた男に顔を向ける。蔵六もあからさまにほっとした様子を見せた。

「手前は普請下奉行さまから用水の穴掘りを承っております、人足頭の蔵六と申します。人足どもはおよそ二十人おります。去年の秋頃から作業をしておりまして」

蔵六は工事をしている地域の名を告げた。

「雪の間は作業を中断しておりました。そろそろ気候も落ち着いたので再開したのですが、掘り進めている途中で穴から化け物が出て参りまして」

「化け物などおらん！」

窪塚がいきなり話を遮った。

「穴掘り職人どもが怠けているだけだ！」

「窪塚さま。実際怪我をしたものもおるんです」

さすがにむっとした様子を隠さず蔵六が反撥する。

「自分たちの不注意を化け物のせいにしているんだろう！」

「みな怖がっております」

「化け物などおるはずがない！」

窪塚が甲高い声でわめいたとき、スタリと襖を開けて虎丸が入ってきた。

「化け物はいるぜ」

虎丸はそう言うと蔵六の横を通り、晴亮の隣に腰を下ろした。

「な、なんだ、きさまは！　無礼であろう」

窪塚が畳に置いた刀に手をかけ、腰を浮かす。晴亮は目で注意したが虎丸は気づかないふりをした。

「化け物がいないって言うなら見せてやればいいじゃねえか」

虎丸はそう言うと、懐から小さな桐箱を取り出した。あ、と晴亮は思う。それにはこの間捕まえた小型のあやかしが入っている。

「ほらよ」

虎丸がぽいと窪塚に箱を放る。窪塚はうわっと声をあげ、それを手の甲で払った。桐箱は畳の上に落ちて、蓋が開いてしまう。

「あーあ」面白がっている声で虎丸が言う。「開けちまった」

「な、なにをするか！」

窪塚はちらりと桐箱を見た。箱の中は空だ。それに小さく安堵の息をつくと、こんどは大声を出した。

「化け物など、痴れ言を！　本当にいるというならここにだしてみ、」

声が途切れた。窪塚は目を大きく開き、顎をがくんと下げる。カチカチカチカチと音がするのは窪塚が握った刀の鍔が震えているせいだ。

「窪塚さま？」

蔵六が不思議そうに下奉行を見る。虎丸はにやにやしていた。窪塚がなにを見ているのか知っているからだ。

「虎丸、悪趣味だよ」

晴亮はため息をつくと懐から符を取り出す。晴明符ではなく、自前の符だ。それに呪言を呟き、固まっている窪塚の額にぴしゃりと貼った。

「……っ！」

窪塚の体が崩れる。だが、片手で体を支え、突っ伏さなかったのはさすが武士というところか。

「何を見たんだい？」

立ち上がって桐箱を拾った虎丸が馴れ馴れしく聞いた。

「……く、黒くて……目玉がいくつもあって……」

「なるほど、それがあんたのおっかないものか」

箱の蓋を閉じてそれを手の中で放る。

「このあやかしはな、人に一番怖いものを見せるんだ。ただそれだけで他になにもしない。だが心の臓が弱いものはびっくりして死んじまうかもな」

「あ、あやかし……」

窪塚は呟いたが、ぶるっと首を振り、虎丸を見上げた。

「う、うそだ。今のは幻術だ、ただのまやかしだ！」

「化け物は信じないのにまやかしは信じるのか？」

虎丸が呆れた様子で言う。

「ま、まやかしは人が行うものだから……っ！」

「強情だな、じゃあこれはどうだ」

虎丸が今度取り出したのは赤くて丸くてしわしわで、干し柿に似ているものだった。

「あっ！　虎丸、それはだめだ！」

晴亮が止める間もなく、虎丸が干し柿を天井に放り投げる。その一瞬後、どすんと音がして窪塚の前に大きな男の首が落ちてきた。その首は牛ほどの大きさがあり、ひどく臭った。

「ひいっ！」

声を上げたのは蔵六だった。これは彼の目にも見えている。座ったまま後ろに飛びすさるという器用な真似をして見せた。

「ま、まや、まやかし、だ……」

窪塚はガチガチと歯を鳴らしながら目の前で息をつく大首を見つめた。

「つるべ落としって妖怪だ。ちゃんと実体もあるぜ。触ってみろよ」

虎丸がそう言うとつるべ落としはぱっくりと口を開き、長い舌を出した。その舌で窪塚の顔をべろりと舐める。ねっとりとした唾液が窪塚の顔に張り付いた。

「くさい……」

窪塚は一言そう言うと、そのまま仰向けに倒れてしまった。

一

「お気がつかれましたか？」

座布団を並べたところへ寝かせた窪塚が目を覚まし、晴亮はほっとした。窪塚は晴亮に目を向け、それから天井、人足頭と視線を移した。

「私は――」

「申し訳ありません、すっかり驚かせてしまって。でもこの世の中には得体の知れないものもいるということをご理解いただきたい。けれど、いきなりで本当にご無礼申し上げました。先程のものはきつく叱っておきますので――」

晴亮はぺこぺこと頭を下げながら早口で言った。役人を気絶させたなど、どんな処罰がくだるかわからない。

「……私は……幼少の頃から怖がりで」

窪塚がぼそぼそと小さな声で言う。

「父は武家の嫡男が情けないと、私を蔵へよく閉じ込めた。だが怖がりは直ることなく、いっそう暗がりや化け物を怖がるようになってしまった……」

気絶して弱みを見せたせいで取り繕う必要がなくなったと思ったのか、窪塚はそんなふうに言った。

「こたびの仕事は私が下奉行になって初めて任された勤め。どうしても成功させねばならぬ。なのにあやかしだの化け物──」

窪塚はぶるっと頬を震わせる。

「そんなものを信じてしまったら私はなにもできなくなる。そう思って……蔵六にもきついことを言ってしまった。許してくれ」

「いいえいいえ、窪塚さま。力自慢の人足どもも、化け物には幼子のように怯えてしまいます。窪塚さまだけではありません、どなたも一緒ですよ」

素直に心情を吐露した若い奉行に、蔵六は孫を見るような目で言った。

「窪塚さま」

晴亮も重いものを背負って気負う気持ちはよくわかる。落ちぶれたとはいえ寒月の名は晴亮には重圧だった。

「化け物や妖怪はその現れる原因や対処法さえ間違えなければ、きちんと対応できるものです。ある意味、抵抗する人間の犯罪者よりたやすい」

晴亮の言葉に窪塚は顔を上げた。その目に弱々しいが光が灯(とも)っている。

「怖いのは得体が知れないからです。でも、得体が知れなければ理解すればいいのです。理解さえすれば怖くありません」

「そうだろうか、本当に怖くなくなる？」

「……努力はできます」

自分も妖怪に対峙(たいじ)するのは怖い。だからこそ、窪塚を応援したくなった。

「まずはその工事の邪魔をする怪異を調べに行きましょう」


窪塚たちが携わっている仕事は、今まであったものを潰(つぶ)し、位置を少しばかりずらす工事だった。

穴はかなり掘り進められ、あとわずかで大川に到達するというところで止まっている。穴掘り人足たちによると、急に土が崩れてきたり、足をひっかけられて転んだり、道具が落ちてきたりすることがあったそうだ。その人足の中に化け物の姿を見たものが数名いる。

「全員が見ているわけではないのだな」

晴亮と虎丸、そして窪塚と蔵六が掘られた水路に降りていた。かなり広く掘られた水路で、両脇は土が崩れないよう板で押さえられている。

「見える者と見えない者がいるんですよ」

四人は龕灯(がんどう)という前を照らす灯(あか)りを持ち、暗い穴の中を進んでいった。先頭は晴亮と虎丸、その後ろをへっぴり腰で窪塚が続き、彼を支えるように蔵六が進む。

真っ暗な中に聞こえるのは四人の足音だけだ。穴の中は外よりは暖かく、濃厚な土の匂いがする。

「見える者というのはどんなやつだ？」

「そうですね。勘が鋭い人や、信心深い人、素直な人――あやかしに好かれる人……」

虎丸の言葉に晴亮が答える。それを聞いた窪塚がびくつきながら聞いた。

「好かれる人間などいるのか？」

「いますね。妖怪たちは陰の気を持っていますので、陽の気が強い人間に惹(ひ)きつけられるんです」

「陽の気か」

その言葉に窪塚は安堵(あんど)した顔を見せた。

「ならば私は大丈夫だな。自慢ではないが陽気な男ではない」

「いや、その陽気とは違うんですが」

窪塚は恐怖を払いのけるように大声を出した。

「ちなみに信心深くもないし勘も鋭い方ではないし素直でもないぞ！」

「それは自慢できることなのかよ？」

そのとき不意に晴亮の足下の土が崩れた。転びそうになった体を虎丸が支える。

「気をつけろ」

「すみません——ああ、ここで行き止まりですね」

灯りで照らすとごつごつした土の壁が見えた。触れてみるとひやりと冷たく湿っている。

「この先を掘ろうとしたら事故が立て続けに起こってしまって」

蔵六が悔しそうに言った。

「あっしらは掘る前にちゃんと神主さんを頼んで土地の神様にご挨拶をいたします。いったいなにが邪魔をしているのかわからねえんで」

「土地神とは縄張りが違うものなのかもしれません」

「縄張りですかい」

「土地の境界線は人間が勝手に引いたものです。その線を引く前からここにいるのかもしれませんね」

「だったらなんとか話してここから立ち退いてもらうことはできないだろうか？」

窪塚が必死な面相で言った。

「お互い無用な争いはしたくないだろう？」

「ごもっともですが、話ができるような相手かどうか……」

「向こうは自分たちの縄張りに入り込んでくるやつは問答無用で傷つけているんだろ、話など通じるものか」

虎丸は担いできたつるはしを握りしめた。

「さっさと呼び出して片付けるぞ」

そう言うと、つるはしを力一杯土壁に打ち込んだ。

「と、虎丸！　待って！」

そのとたん、一番後ろにいた蔵六が悲鳴をあげた。

「ぞ、蔵六！」

倒れてくる蔵六を抱えた窪塚も叫ぶ。彼の背中に回した手がぬるりと温かく濡(ぬ)れたからだ。

「蔵六が！」

龕灯の灯りをかざしてみると、蔵六の背中に引き裂かれた痕(あと)があった。獣の爪のような鋭い切り傷。

「ハル！　出たぞ！」

晴亮は晴明符を取り出し、目の上にかざす。穴の中は真っ暗だったが、そこに蠢く幾つもの影が見えた。

「虎丸！　たくさんいるぞ」

晴亮は晴明符を龕灯の前に張り、符を透かした灯りで地面を照らす。すると浮き上がってきたのは虎のような体と魚のような尾を持った獣だった。

「虎の体、魚の尾……水虎か！」

どさっと音がして、見ると窪塚が蔵六を抱えたまま尻餅をついている。

「よし、行くぞ」

虎丸が剣を抜いた。それを合図にしたかのように妖怪たちが襲いかかってくる。虎丸は晴亮と窪塚の前に出ると、片端から斬り伏せていった。

「くそっ、数が多い！」

何体かはすり抜ける。窪塚たちへ飛びかかろうとした水虎に、晴亮は符を放った。符は体に触れたとたん小さく炎を放って燃え上がる。水虎は火を嫌ってか、鋭い叫び声を上げて後退った。

「窪塚さま！　蔵六さんと逃げてください！」

「う、動けない！」

窪塚は情けない声をあげてじたばたと足を動かした。腰が抜けたのだろう。

「早く！　蔵六さんが死んでしまいます！」

「うう」

窪塚は泣きべそをかきながら必死に尻で這い始めた。蔵六の両脇を持ってひっぱっていく。

虎丸は水虎を斬りながら晴亮に叫ぶ。

「ハル！　こいつらこの先に進まれたくないんだ、この先にあるものがこいつらの弱点だ！」

「は、はい!?」

「俺がその壁を崩す。お前は少しだけ足止めを頼む！」

虎丸はそう言うと腕に絡みついた水虎を地面に思い切り叩きつけた。そのまま背を向けて行き止まりまで駆け抜ける。

晴亮は水虎たちを止めようと懐で晴明の符をさぐった。

虎丸は先ほど自分が打ち込んだつるはしを握った。それを引き出そうとすると、水虎たちは晴亮や窪塚には目もくれず、いっせいに虎丸に向かっていった。

「虎丸！」

晴亮は符を取り出そうとしたが、ためらった。符が一枚しかなかったからだ。

（これが無くなったらもう妖怪に対処できない……！）

水虎たちが虎丸に襲いかかる。頭に肩に背中に張り付いた。

「ハ、ハル！　水虎を止めろ！」

虎丸が叫んだ。だが晴亮は最後の符を飛ばすことができなかった。虎丸は水虎に噛(か)みつかれながらもつるはしを持つ手を離さない。

「うわあああっ！」

晴亮のそばで割れた悲鳴が響いた。立ち上がった窪塚が泣きながら刀を振り回し、水虎を斬ってゆく。その勢いに何体かが虎丸から離れた。

「くっそおおっ！」

血まみれの虎丸がつるはしを引き抜く。同時に土壁が音をたてて崩れた。

オオオオオオオ——おおぉおおぉぉ——ん……ッ

雄叫(おたけ)びが響いた。水虎たちの声だ。気づけば水虎たちがみな地面に伏せて這いつくばっている。

「おお……」

龕灯の灯りが崩れた壁を照らしていた。そこにはぼろぼろになった観音帽子と袈裟(けさ)を身につけた、恐ろしくも荘厳な雰囲気をまとった木乃伊(ミイラ)——即身仏が鎮座していた。

「これは……」

虎丸が振り向いた。水虎たちは即身仏に向かって崇(あが)めるようにひれ伏している。無事なものも傷ついたものも、目から涙を流していた。

「——水虎たちはこれを守っていたんだ……」

その後、晴亮は水虎たちに「この即身仏は掘り出して用水路の近くに祀る」と言葉をかけた。理解したのかどうかわからないが、水虎たちは一体、また一体と姿を消していった。

窪塚と意識を取り戻した蔵六も晴亮の考えに賛同し、翌朝、僧侶たちを頼んで即身仏を移動させる儀式を行った。

窪塚は上役に談判し、即身仏を祀るためのお堂を建てる許可を得た。のちにこの即身仏は水仏さまと呼ばれ、水難を避けるために近隣の人々に親しまれるようになるのだが、それはまた別の話だ。

「いったいいつ頃の仏さまかわからないのだが、水虎たちはずっとあの仏さまを護っていたのだな。妖しの身と思っていたが、その信心には感ずるものがあった」

むくどり御殿に訪ねてきて窪塚はそう語った。

「用水のすぐ近くなら、水虎たちも通ってこられそうですね」

窪塚と対峙した晴亮は、彼がどこか柔らかな雰囲気になったことに気づいた。今回のことは彼にいい影響を与えたのかも知れない。

「うむ。宮大工たちに頼んでお堂の木鼻には水虎の形を彫ってもらうことにする。彼らも喜ぶだろう」

「妖怪を喜ばせていいんですか？」

「いいのだ。仏を護ってくれていた礼だ」

恐怖を覚える自分を認め、妖怪の存在も認めたことが彼を成長させたのかもしれない。穏やかに微笑む顔をみれば、なかなかいい男じゃないかと思える。

そういうことで用水路の化け物退治の件は収まったのだが、収まらないのは虎丸だった。

「なぜ、符を放たなかった。足止めを頼んだじゃねえか！」

水虎の群れに襲われた虎丸は無事とは言えず、全身にひどい怪我を負ったのだ。虎丸はかなり怒っていた。

「すみませんでした……符がもう一枚しかなくて……」

「一枚あったならそれを使えよ！」

虎丸は体中さらしでぐるぐる巻きにされていた。水虎の鋭い爪や牙がその体を引き裂いたのだ。蘭学医の武居の診療所に運び込み、縫ってもらった傷は一〇カ所以上になる。

「で、でもこれを使ってしまったらもう晴明さまの符はないいんです」

「自前の符を使えばいいだろう！」

「私の符なんか役に立つわけないじゃないですか！」

思わず言った晴亮に、虎丸は激怒して吠(ほ)えた。

「晴明の符に頼り切りで、その一枚が無くなったらどうするつもりだ！」

「そ、それは……」

「お前は俺の命よりその符を惜しんだんだな」

「そんなことは——」

あるかもしれない。今まで妖怪相手になんとかなっていたのは晴明の符があったおかげだ。それが無くなってしまったら、と使うことを躊躇(ためら)った。

怖かったのだ。符がなくなり妖怪や化け物に太刀打ちできなくなってしまうことが。

「虎丸には——私の気持ちはわからない」

「わかんねえよ！」

虎丸はばさりと布団を頭からかぶった。

「……しばらくお前の顔は見たくない」

動かなくなった布団の塊を見つめ、晴亮は重い体を持ち上げて立った。

「晴亮師匠(せんせい)」

廊下に出ると伊惟が神妙な顔で見上げてくる。

「……虎丸を頼むよ」

「師匠、私も虎丸の言ってることはわかります」

通り過ぎた晴亮の背中に向けて伊惟が言う。

「師匠は自分の符を使うべきです」

「だから！　私の符なんて何の役にも立たないんだって！」

「そんなことないです、初めに霞童子が出てきたとき、私を助けてくれたのは師匠の符じゃないですか！」

「あれは――たまたまで――運がよかったんだ」

「符術にたまたまなんてないんでしょう？　毎日の研鑽がなければいざというとき役に立たないっていつも言ってるじゃないですか」

「…………」

「師匠、もっと自分に自信を持ってくださいよ。私を助けてくれたのは師匠の符なんですよ!?　だから私は生きているんだし、ここにいるんです。私は師匠の術に憧れて押しかけ弟子になったんじゃないですか！」

「伊惟……」

晴亮はなにか答えようとしたが、言うべき言葉を持っていなかった。だから黙って背を向けて、足早にその場を去るだけだった。

二

虎丸と喧嘩をして二日経った頃、客がやってきた。今回も晴亮が苦手とする人物だった。

長兄の渋谷亮仁だ。寒月家を出て渋谷家に婿入りし、今は天文方で役職についている。星を見て暦を作り、地図の製作も行っている。

「先日普請下奉行の窪塚どのがわざわざ浅草の天文台を訪ねてきてくださった」

亮仁がそう話し出した。

「用水路の件でお前に世話になったと。ずいぶんと褒めてもいた」

「いえ、そんな。ただあやかしを退けただけで」

「あやかしか」

亮仁はふ、と唇の端で笑った。

「意気地の無いおまえが妖怪や化け物と渡り合えるようになるとはな。それもこれも今屋敷にいる居候のおかげであろう」

はっと晴亮は顔をあげた。兄は虎丸のことを知っているのか。

「窪塚どのが教えてくれたのだ。ずいぶんと剣が達者らしいな、どこで拾ったのだ」

「それは――」

話してもいいのだろうか？　次兄の明継はすぐに信じてくれたが、星と数しか見ていない頭の固い長兄に、過去から鬼と一緒にやってきたと言って信じてもらえるだろうか？

暦を扱う仕事をしているのだから時間にはうるさいはずだ。万が一信じたとしたら虎丸を詳細に調べだそうとするのではないだろうか。

兄に話すことの危険性ばかりが頭に浮かび、晴亮は言葉を出すことができなくなった。もともと晴亮がなにを言っても兄を喜ばせたことなどないのだ。

「どうしたのだ。なぜ説明しない」

考えにはまってぐるぐるした思いを抱えている晴亮は、それでもなんとか声を出そうと口を開けた。しかし兄の鋭い目に、再び顔を伏せてしまった。

「説明できないような人間を屋敷にいれるとはどういうことだ？」

兄の声が一本調子になる。苛立っているときの口調に晴亮はさらに萎縮する。

「と、虎丸さんは……その、強くて……妖怪にも慣れていて」

まるで子供のような言葉しか出てこず、晴亮は焦った。もっときちんと言わないと兄には通じないのに。

「妖怪に慣れている？　陰陽師ではないのだろう？」

「は、はい。虎丸さんは……武士です」

亮仁はすっと背を伸ばして弟を鋭く見据えた。

「どこの御家中だ？　浪人か？　身元の保証は？　人別帳に載っているのか？」

「そ、それは……」

「なんの説明もできないのか？　よもや騙されているのではないだろうな？　お前というやつは子供の頃から犬や猫を拾ってきては飼いたいと泣きついたが、そんな調子で拾ってきたのでないだろうな。お前の人の好さにつけこんで無体を働いているのではないだろうな？」

畳みかけられて晴亮は息をすることもできなくなる。だが虎丸への誤解を解きたいと、晴亮は声を振り絞った。

「と、虎丸さんはそんな人では……」

「お前のような世間知らずになにがわかる」

「は、話をして、食事をして、一緒に行動しているんです！　わかりますよ。あの人は正直で男らしくて心も腕も強くて思いやりのある人です！」

自分のことはともかく、虎丸のことを悪く言われたくはなかった。晴亮は袴を握りしめ、前のめりになって声を上げた。

「晴亮、お前」

亮仁は薄くてほとんど見えない眉(まゆ)をきゅっと寄せた。

「その男になにか脅されているのではないだろうな、お前は昔から考え無しで軟弱だったから――」

「なんでそんなことになるんですか！」

「――おい」

いきなり晴亮の背後の襖(ふすま)が開き、虎丸が現れた。上半身をさらしで覆い、丈の短い襦袢(じゅばん)を着た姿で、のそりと入ってくる。

「さっきから黙って聞いてりゃずいぶんな言いようだな」

その腰には伊惟がしがみついていた。必死に引き留めようとしたのだろう。

「虎丸、起きちゃだめだ、安静にしていないと――」

「こいつはな、確かに気も弱いし自信もないようなやつだが、勉強熱心だし、やるときゃやるんだよ！」

亮仁は突然の闖入(ちんにゅう)者にも動じず、顔をそらして大きな男を見上げた。

「なんだ、この無礼者は。目上の者に対して口の利き方も知らぬのか」

「どっちが無礼だ！　見てもいないくせに俺の相棒をさんざんコケにしやがって」

晴亮は思わず虎丸の顔を見た。符の件で怒らせて以来、彼とは顔を合わせていない。

自分がどんなに最低なことをしたかは分かっているので、決して許してもらえないだろうと思っていた。その虎丸が自分のことを相棒と？

「このお堅い兄上は、俺がどこの馬の骨かわからんのでいろいろ言ってんだろう」

虎丸は晴亮の肩を片手でがしりと摑んだ。

「だったらちゃんと話してやればいいんだ！　俺は虎王院虎丸。源頼光公が配下だ。八百年前、四天王共々酒呑童子の討伐に参加した武士だ！」

虎丸は吠え、晴亮は頭を抱え、伊惟は顔を覆った。

亮仁は黙ったまま突っ立つ虎丸に冷静な目を向けた。

「――なるほどな」


実は亮仁は明継から虎丸の話を聞いていたという。時空を超えてきたと言われても信じてはいなかった。虎丸の作り話か、そう思い込んでいるうつけものであろうと考えていた。

「今でもその考えは変わってはいないが」

兄は抑揚のない声音で言った。

「それでも、虎王院どのの人は善さそうだ。お前を軽んじたり馬鹿にしたりするような人ではないと見た」

日差しが長い影を作り出した頃に、玄関で草履を履きながら兄は弟に言った。

「私はお前のような不器用な人間が陰陽師をやっていけるとは思っていなかった。私や明継が家を出てしまったから、末のお前に寒月家を押しつけてしまったと……後悔があった」

「兄上？」

後悔という、兄にはまったく縁のなさそうな言葉が出てきて晴亮は驚いた。

「だがそうではなかったようだな。お前は私たちが思う以上に陰陽の才があり、人々を助けている。だがあやかし退治は危険な仕事だ。あまり無理はするな。いろいろ言ったが、その、……お前を心配してのことだ」

晴亮はさらに驚いて亮仁を見上げた。昔から次兄が甘やかす分、長兄には厳しく扱われていたからだ。

亮仁は自分を見上げる弟の目から視線をそらせた。

「――私は言葉がきつく、真意が伝わり辛いと妻にも言われている。自分ではそんなつもりはなかったのだが……なので許せ」

兄は早口でそう言うと、さっさと帰ってしまった。

「わかり辛いが、まあ悪い御仁ではないな」

玄関先で見送っていると虎丸が顔を出して言った。

「はい……」

晴亮は虎丸を振り向かなかった。

「お前が心配だったんだな」

「私がふがいないからです……兄たちには心配ばかりかける」

黄昏(たそがれ)が町の屋根を染めていくさまを見ながら、晴亮は独り言のように呟(つぶや)いた。

「母が早くに亡くなり、父は学問ばかりで私の世話などしてくれませんでした。当時はもう人を雇う余裕もなく、兄たちが私を育ててくれたのです」

「へえ、あの男が子守を？」

晴亮はうなずいた。背負われて夕焼けの道を歩いたことを覚えている。

「亮仁兄上は、陰陽道にはもう先がないと早くから天文方に助手として出入りしていました。明継兄上も稚児(ちご)占いなどをして家にお金を入れてくれていました。父の死後、兄上たちは私を引き取ろうとしてくれたんですが、私は寒月を継ぐと言い張った」

晴亮は泣き出しそうな顔で、だが唇をむりやりつり上げ、笑顔を作ろうとした。

「守ってもらってばかりの自分がいやだったんだ……ただの意地だ。なんの才能も無いから寒月に逃げ込んだ」

「なんの才も無いなんてことないだろう」

眉をひそめる虎丸に、晴亮は首を振った。

「無いんだ。だから、晴明さまの符にすがって……虎丸を危険な目に遭わせた」

「そのことはもういい。お前が俺を庇ってくれたからな。襖の向こうで聞いてて顔から火が出そうだったぞ」

虎丸は大げさに手を振って顔を扇いでみせた。

「虎丸だって私を庇ってくれたじゃないですか」

晴亮は一度うつむき、それから再び顔をあげた。

「まだ私を相棒と呼んでくれるんですか？」

「……おう」

虎丸はガリガリと指を髪につっこんでかき回した。

「俺も言い過ぎたよ。ただ晴明の符に頼りすぎるなと言いたかっただけなんだ。お前はもっと自信を持っていい。お前の符だってちゃんと使える」

「それは――」

たちまち気弱な表情がその面を彩る。

「自信は……すぐには難しくて」

ぱん、と虎丸は晴亮の背中を叩いた。

「おいおいでいいさ。今日は久しぶりに一緒に晩飯を食おう。伊惟がずっと気にしているからな」

その言葉に晴亮はようやく笑みを浮かべた。

「はい。その前にちょっとそのへんをぶらぶらしてきます。亮仁兄上のせいで緊張してしまったので」

「暗くなる前に戻れよ」

虎丸は家の中へひっこんだ。晴亮は深くため息をつくと、椋鳥(むくどり)が喧(かまびす)しい雑木林に足をむけた。

雑木林の奥には小さな沼がある。細い流れが注ぎ込むだけなのでたいした深さはない。少し雨が降るとすぐにあふれて周辺は常に濡(ぬ)れている。そのため柔らかな苔(こけ)が沼の周囲を覆って、木漏れ日の中に美しい景色となっていた。

逆に日が落ちてからは苔に足を取られて滑りやすいので危険だと、子供の頃は近づくことを禁じられていた。

だが、晴亮はこの沼が好きだった。幼い頃から悲しいことや不安なことがあると苔に覆われた朽ち木の上に座り、長い間水面(みなも)を見つめていた。日が落ちて心配した次兄が捜しに来るまで、ずっと座っていた。

沼に着いたときはすでに辺りは薄闇に包まれていた。夕日が落ちる前に森の中を真っ赤に染める。その瞬間の沼の色が一番きれいだと思っている。鏡のような水面に朱と金の光が跳ね返り、苔がさまざまな色に変わるのだ。

晴亮は朽ち木の上に腰を下ろした。懐から晴明の符を取り出す。

「最後の一枚、か」

頼るなと言われてもこれを使ってしまえばもうお終(しま)いだ。あとは自前の符を使うしかない。

「晴明さま……私はどうすればいいのでしょう。私の符では虎丸の助けにはなりません。私は力が欲しい……晴明さまの符のような力が」

符を使うことをためらって虎丸に怪我を負わせた。この先自分の符で虎丸を援護することができるだろうか？

今回は命に別状はなかったが、自分の符が役立たないせいで虎丸を死なせることになってしまったらどうする？　虎丸が自分に背中を預けなくなったら――。

(虎丸は私を信頼して戦っている。符が無くなり彼を守れなくなればその信頼を失ってしまう)

それが怖いのだ、と晴亮は知った。虎丸を失望させること、それがなにより怖い。

晴亮は符を握りしめ、額に押し当てた。

「晴明さま……私に力を……」

夕日が落ちる。水の上の金色の光が消えて行く。最後の光が消えようとしたとき、不意に風が吹いてその光を散らした。

「え、――」

晴亮は顔を上げた。誰かに呼ばれた気がしたのだ。

はるあきら……

その声は沼の上から聞こえているようだった。

水面にはちらちらと光が瞬いている。光は見ているうちにひとつところに集まり出した。

「なんだ……？」

光は沼の中央に集まった。それがすうっと立ち上がると人のような姿をとった。

はるあきら……

光の中から声が聞こえてきた。

「だ、誰だ！」

わしは……安倍晴明……

光の中に人がいた。烏帽子(えぼし)をかぶり狩衣(かりぎぬ)をつけた男の姿がぼんやりと見える。

「寒月晴亮よ。わしの符は役に立っているか」

はっきりと声が聞こえた。男は柔和な笑みを浮かべ、晴亮を見つめている。その名に晴亮は仰天した。これは天が祈りを聞き届けてくれたのか!?

「せ、晴明さま？　まことに晴明さまでございますか!?」

「そうだ。八百年の時を超え、今お前に話しかけている。虎丸がお前に渡した符の力じゃ」

今まで絵巻物や古文書に描かれた晴明しか観たことはなかった。目の前に現れたのは細面で色白の、気品と静かな圧を備えた人物だった。

「晴明さま！」

晴亮は朽ち木から滑り降り、湿った苔の上に膝をついた。

「こ、このようなところへお出ましとは――」

「そこがどこかはわからぬがな。わしは京一条戻橋のわしの部屋で話している」

晴明は愉快そうな口ぶりで言った。

「大江山で虎丸の姿が消えたと聞いた。捜しているうちにわしの符が反応したので様子を窺っていた。お前がわしに呼びかけてくれたので、こうして話をすることができるようになった……だがあまり長くは話せない」

「晴明さま」

晴亮はがばっと湿った地面の上に両手をついた。

「お、恐れながらあなた様が本物の晴明さまなのか……私には確かめる術がございませぬ」

晴亮はほのかに光をまとった晴明の姿を、あえて見ないようにして言った。

「もしかしたらあなた様は……」

「霞童子の変化かもしれぬ、と？」

晴明は笑いを含んだ声で言った。

「慎重なのはよいことだ。だがわしが本物であるということは、偽物であると証明することと同じくらい難しいな」

「も、申し訳ありません！」

額に冷たい草の感触を得ながら晴亮は叫んだ。しかし今まで霞童子がさまざまな姿で人々の前に現れている事実を知っているからこそ、うかつに信じることはできない。

「そうだな……ではこれでどうか」

晴明は右手を伸ばした。その指の先からひらりと符が一枚舞い落ちる。それは沼に落ち、すうっと晴亮のいる岸辺まで吹き寄せられた。

「こ、これは――！」

それは確かに晴明の符だった。持つだけで強い力を感じられる。

「符がもうないのだろう？　それを使え」

「晴明さま！」

晴亮は顔をあげ、はっきりと沼の上に立つ晴明を見た。あえかな光に縁取られた晴明の姿が、今は神のように尊く映った。

「申し訳ありません！　ありがとうございます」

「それだけでは心許ないだろう」

さらに一枚、二枚と晴明の手から符が舞い落ち、水面を滑る。

「今はこれが精一杯だ……必要になればまたここへ来るがいい」

晴亮は急いで符を拾い上げた。ひいふうみい……五枚もある！　今持っているものとあわせれば六枚だ。晴亮は歓喜した。

「このことは虎丸に言わぬほうがいいだろう」

「え、な、なぜです」

ギクリ、と晴亮は身を震わせた。

「あやつはそなたがわしの符に頼りすぎることを嫌がるのだろう？」

晴明はくすりと笑った。

「あやつは自信の塊のような男だからな。そうでないものの気持ちには疎い……そなたはわしの符と自分の符をうまく使い、少しずつ自信をつけてゆけばよい。慎重にやることは悪いことではあるまい」

「そ、そうですね……」

確かに虎丸には自分の気持ちは分からないかもしれない。晴明の符をもらったと喜んでみせれば、きっと呆れかえるだろう。

「これはわしとそなたの秘密じゃ」

晴明は唇に指を当て、茶目っ気のある口調で言った。

「わかりました。晴明さま！　ありがとうございます！」

符を手に顔をあげるともう晴明の姿はなかった。ただ、ぼんやりとした光が水面に残っており、やがてそれも消えると周囲は暗闇となった。木々の上に半分になった白い月が傾いている。

「晴明さま……」

晴亮は符を胸に押し当てた。そこから勇気が生まれてくる気がした。

「これで戦える。虎丸を助けられる……！」

もう一度頭を下げると晴亮は立ち上がり、跳ねるような足取りで屋敷の方へ駆けだした。

三

晴亮が晴明の符を手にして一ヶ月ほど経った。その間にも墓に現れる魍魎や、川で船をひっくり返す川童、炭屋の蔵の炭を喰う化け物などを退治し、寒月晴亮の名は上がっていった。

暦が変わった頃、さる大名の江戸屋敷から依頼が来た。屋敷に物の怪が現れるというのだ。

「大名さまですよ！　お殿様ですよ！」

伊惟は狂喜して屋敷の廊下を駆け回った。

「いよいよ晴亮師匠の時代がきましたね！」

最近は米を買う金にも苦労せず、町の人々も気軽に門を叩いてくれるようになっていた。

失せ物捜しや夢見占い、風邪が治らないが呪いではないだろうかというような小さな不安、相談が引きも切らない。晴亮としては今の状況だけでも十分だったが、寒月の名をさらに高めたい伊惟は、そんなご近所陰陽師では不満だったようだ。

「頑張ってください、師匠！　今回の話も成功したら瓦版に書いてもらいますからね」

伊惟は寒月の陰陽活動の宣伝に瓦版を使っていた。あやかし退治を派手に瓦版に書き出して世間の人々に知らせる。最近の水虎騒動はかなりの人々が読んでいて、名を上げるのに役だった。

「大名屋敷の件だからどうかな。お咎めを受けるかもしれないよ」

「大丈夫ですよ、名前を変えてしまえばわかりませんて」

伊惟は子供らしい無邪気な期待に目を輝かせている。晴亮が名を上げ、礼金が貯まっていくのが嬉しくて仕方ないらしい。

「どんな物の怪かわからないうちに気が早いんじゃないかな」

「まあ、どんなやつが相手だって平気さ。俺と晴亮の前に敵はない」

虎丸が豪快に笑って伊惟の頭に手をやる。

「はい、頼りにしてますよ！」

今はもう、伊惟も前のように虎丸を目の敵にはしていない。金を稼いできてくれるなら虎だって熊だってかまいませんと晴亮に言っていた。

「晴亮の符もずいぶん力を持ってきたしな」

虎丸に言われて晴亮の胸がシクリと痛む。ここしばらくのあやかし退治に晴明から貰った符を使っていたが、それは自分の符だと嘘をついていた。

晴明の符のことは虎丸には話せない。今回の大名屋敷のあやかしにも晴明符は使うだろう。あと三枚しかないのに……。

晴亮は懐の中の晴明符をそっと押さえた。

やがて大名屋敷から駕籠が迎えに来て、晴亮と虎丸はそれに乗り込んだ。玄関先で伊惟が深く頭をさげる。

「いってらっしゃいませ」

漆塗りの豪華な駕籠などに乗ったことはない。晴亮は小さな窓を開けて伊惟に手を振ったが、その窓はすぐに閉められてしまった。

駕籠は何度か角を細かく回った。外が見えないのでどこを通っているのかわからない。おそらくどの藩か知られたくないのだろう、と晴亮は思った。大名の屋敷に物の怪が出るなど、公儀に知れたら最悪お取りつぶしの危機にもなる。

かなり長い時間揺られて気分が悪くなった頃、「開門」という声が外から聞こえた。ようやく着いたらしい。

駕籠のまま屋敷の中に入ったようで、さらにしばらく進んだ。

「どうぞ、お降りください」

ゆっくりと地面に下ろされ、晴亮は駕籠に揺られすぎてぐらぐらする頭を押さえながら、外に出た。

「……わあ」

そこは美しい庭だった。高い黒塗り壁の内側にたくさんの梅の木が植えられ、それらが今、盛りとばかりに咲き誇っている。甘く、高貴な香りが晴亮を取り巻いた。

梅の木から振り返ると、張り出した廊下にいかにも身分の高そうな男女が座ってこちらを見ていた。

屋敷の主かと晴亮は慌てて膝をついた。見ると虎丸は突っ立っているだけだったので、焦って手で合図をした。虎丸は不満そうな顔だったが、膝をついて頭を下げた。

「お主が巷で噂の陰陽師か」

鷹揚な調子で男が言った。髪に白いものが交じる壮年の男で、殿様と言われて想像するようなのっぺりとした顔をしている。

「この屋敷の怪異を解決してくれるとか」

殿様は確認もせずに言った。こちらが失敗することなど微塵も心配していないようだ。すべて家来が手配しているのだから、殿様の前にいるのは仕事を終わらせるものだけに決まっている。

「はい、精一杯務めさせていただきます」

「詳しいことはこちらの田島に説明させる。怪異を退治してくれれば報償は弾む。頼んだぞ」

殿様はそう言うとすぐに立って背後の障子の中に消えた。もう一人、座っていた女性はまだ若く美しく、楚々とした風情を携えている。

(姫君か……)

金糸で縁取られた梅の花模様の打ち掛けが重そうに見えるほど、はかなげだった。以前会った千代は百合の花のような清楚な女性だったが、この姫は触れれば花を散らす薄桜のようだった。

（なんて可憐なお方だろう）

長い睫毛の下から晴亮を見ている瞳がなにか言いたそうに揺れている。だが、そばについていた老女に促されると、名残惜しげな顔で立ち上がり、障子の奥へ消えた。

あとには田島と呼ばれた黒い羽織を来た、岩のような顔の中年の武士が残った。田島が話すには、夜になると使っていない座敷に巨大な蜘蛛のような物の怪が出るのだという。

「最初は声や足音だけだったのだ。それが障子に影が映り、昨日はとうとう障子を破り、顔を出したのだ」

岩のような顔の田島は、ほとんど口を開けずに話す。その声は石を擦り合わせたようにざらざらとしていた。

「それはどんな？」

「白い蜘蛛のようだった。人の顔を持ち、たくさんの脚と大きな体を持っている……おぞましい姿だった」

田島は両腕を抱えてぶるりと震えた。だが表情は岩に彫られたように動かない。

「このままでは廊下に出て、やがて屋敷の中を駆け回る……！」

聞いていた虎丸は腰の剣を軽く叩くと、

「誰かそいつに剣を向けたやつはいないのか」と聞いた。

「いる。屋敷でも腕自慢のものを差し向けた。しかし、部屋の中に引きずり込まれ、戻ってはこなかった。わしの友人の坂井もまた戻ってこない」

田島は初めて感情を表した。眉を寄せ、額にしわを刻み、唇を噛みしめる。だがその表情もどこか作り物めいて見える。

「部屋の中がどうなっているかは――」

虎丸の言葉に田島は首を横に振る。

「夜の間は化け物が障子の前で塞いでいてわからん。昼間は普通の部屋になっている」

「では私たちがその部屋に入って夜を待ってみましょう」


部屋に座っていても庭の梅の香が漂ってくる。膝の前には屋敷のものが用意してくれた夕餉の膳と酒の徳利があった。

虎丸は優に三人前はあるそれを片っ端から食べている。虎丸の食べ方は豪快だが、口の周りも膳も汚しはしない。食事の作法は四天王に厳しく躾けられたと言っていた。

食べ終わるとごろりと畳の上に横になる。

「物の怪が出るのは丑三つ時だという話だ。それまで休んでいろ」

虎丸はそう言うと手枕ですぐにいびきをかき始めた。いつでもどこでも寝られるのは一種の才能だ。武人としてそんなふうに体ができているのだろう。

いったいいくつくらいから剣を持っていたのだろう、と晴亮は虎丸の寝顔を見て思う。起きているときは精悍な顔つきだが、こうやって寝ていると存外若い。確かな年齢は聞いたことはないが、もしかしたら自分とそう変わらないのかも知れない。

平安の世は四百年続いた太平の時代。しかし、盗賊や悪霊が跋扈し、日々小さな戦いは起こっていたはずだ。そのさなかに孤児として生まれ、四天王に準ずるくらいになるにはさぞかし苦労しただろうし、剣や槍の林の中を駆け抜けてきただろう。

虎丸は平安の時代のことを話さないわけではない。四天王のことや、友人だった坂田金時のこと、馴染みの女や男のことを懐かしそうに語る。だが、頼光公に拾われる以前のことには口を閉ざす。話したくはないのかもしれない。

晴亮も畳の上に仰向けになった。行灯の灯りが届かない四隅を見ると、そこから物の怪が湧いてきそうな気がする。念のため、符を取り出して目の上にかざしてみたがなにも見えなかった。

懐に戻した符を着物の上から押さえ、じっと目を凝らしているうちに、やがて眠気がやってきてくれた。

「――おい」

揺り動かされ、はっと目を開ける。虎丸が膝をついて覗き込んでいた。

「さっき丑三つの鐘がなった」

晴亮は身を起こし、体の上に薄い夜具がかけられているのに気づいた。途中で虎丸がかけてくれたのだろう。

「すみません、ぐっすり眠ってしまった」

「いや、その方がいい。疲れてはいないだろう？」

虎丸は腰に剣を差し、柄（つか）に手をかけていた。油断なく辺りを見回す。晴亮も懐に手をいれ、符を指で挟んでいる。

「……首筋がざわざわする。部屋を見てくれ」

「はい」

晴亮は晴明の符を出して目の上にかざした。ゆっくりと顔を巡らす。

「虎丸……」

晴亮は北側の隅を指さした。先ほどは見えなかったのに、そこから黒いもやのようなものが滲（にじ）み出してきていた。符を外すと見えなくなる。物の怪だ。

「見えるようにします」

符に向かって呪言（じゅごん）を唱えると、紙が淡く輝きだした。

「シッ！」

吐き出した息に乗せて符を飛ばす。もやのなかに入ったそれはひときわ輝き、もやを具現化させた。

「ほう、でかいな」

もやは脚のたくさんある巨大な黒い蜘蛛に似た姿になった。節のある脚、丸い胴体、そして胴体から長く伸びる首の先にはおぞましいことに人間の顔がある。髷をほどいた髪をざんばらと揺らし、窶れ、青ざめた死人の貌の中に目だけが炯々と黄色く光っている。

不気味な人の顔は大きく口を開けた。ミリミリミリ……と、その口は長い首まで裂けてゆく。

シャアアアア――ッ――ンンンンンン……！

刀を擦り合わせるような声をあげ、蜘蛛は虎丸に飛びかかってきた。

虎丸の刀が鋭い爪を打ち返す。後脚で立ち上がり、四本の腕で襲いかかる蜘蛛を、虎丸は一本の刀だけでしのいでいる。

「でえいっ！」

気合いを込めて敵の脚を跳ね上げると、持ち上がった胸に剣の先を突き入れた。

「キュアアアアッ！」

蜘蛛はぐるりとその場で一回転し障子に突っ込むと、そのままの勢いで閉められていた雨戸にぶつかった。大きな音を立てて雨戸が庭に吹き飛ばされる。

虎丸は勢いをつけて廊下から飛び出すと、起ち上がろうとした物の怪の首を足で押さえ、気合いと共に、頭に剣をまっすぐ突き立てた。剣は頭蓋さえ貫き地面に突き刺さる。

「やった！　虎丸！」

晴亮は虎丸の勝利に廊下へ飛び出そうとした。そのとき、目の前にどさりと白い塊が落ちてきた。

「な……っ！」

それは白い蜘蛛だった。黒い蜘蛛と対になるようにそっくり同じ姿をしている。

晴亮は瞬時に思い出した。昼間話してくれた田島は「白い蜘蛛」と言っていた。虎丸が退治したのは黒い蜘蛛。蜘蛛は二匹いたのか！

「ハル！　逃げろ！」

虎丸が黒蜘蛛の頭から刀を抜こうとしている。だが、間に合わない。白い蜘蛛が二本の骨に似た前脚を振り上げた。月がその爪を輝かせる。

「――ッ！」

晴亮は蜘蛛に向かって符を握りしめた手を突き出した。蜘蛛の爪が晴亮を切り裂こうとした瞬間、晴亮の拳が発光した。

「ギャッ！」

蜘蛛は金属的な悲鳴を上げ、弾き飛ばされた。仰向けに地面にひっくり返る。

「ギ――ギ――ィ……」

ぶるぶると脚を震わせ、蜘蛛は砂細工のようにさらさらと崩れていった。

「ハル」

虎丸が駆けよって、廊下にへたり込んでいる晴亮の肩を叩いた。

「すげえじゃねえか！　符だけでこいつを消し飛ばすなんて。いったいいつのまにこんなに強くなったんだ」

「は、はは……」

驚いているのは晴亮も同じだった。今まで符を使ったのは化け物の姿を見ること、姿を現すこと、そして動きを止めることだけだった。今のように相手を消し飛ばしてしまうことができるなんて思ってもいなかった。

晴亮は最後に残った一枚を見た。晴明が新たに寄越した符には今までより強大な力が収められているらしい。

(すごい、さすが晴明さま……)

だがあと一枚か、と晴亮はその符を懐に戻し、ぎゅっと押さえた。

「陰陽師どの！」

騒ぎにバタバタと人々が集まってきた。白い寝衣を来た殿様も駆けつける。人々は庭に転がる化け物の姿におののいた。

「まさに蜘蛛のような物の怪です。もしかしたら屋根裏や床下に行方不明になった人たちが囚われているかもしれません」

晴亮がそう言うと、家来たちが総出で屋敷の中を探索した。一刻もしないうちに、床下から蜘蛛の糸に巻かれた武士たちを発見できた。

「生きているぞ！」

彼らは衰弱していたが、みな息があり、仲間たちは喜んだ。

「坂井！　坂井！」

昼間、晴亮たちに話をしてくれた田島が、糸の巻き付いた武士を抱きかかえている。その泣き顔を見て、晴亮は作り物みたいだと思って悪かったなと反省した。

「感謝する、寒月晴亮……」

家来の無事を確かめた殿様は、晴亮に頭を下げた。

「そんな、勿体ない！　私は私の役目を果たしただけでございます。それに、物の怪は倒しましたが、これが現れた原因、因縁のようなものも調べませんと……！」

「退治できたのだからよいではないか、今更原因など調べずともよい」

殿様は陽気な調子で言うと、晴亮の体をぱんぱんと叩いた。

「しかし――」

「よいよい！　そなたはまこと当代一の陰陽師よ」

「いえ、でも、」

言いつのる晴亮の肩を虎丸がぽんと叩いた。

「やったな、当代一の陰陽師。伊惟が大喜びするぞ」

「う、うん――」

晴亮は笑い返したが、着物の上から符を押さえるとその笑顔が曇った。あと一枚……。これを使えばもう。

そのとき晴亮は廊下の奥の方から姫が顔を覗かせていることに気づいた。真っ白な夜着を着て、髪を長く解いている。その顔は物の怪を退治したことを喜んでいるようには見えなかった。まだ怯えている……？

今夜はこのまま屋敷で休むようにと言われ、晴亮と虎丸は枕を並べて床に就いた。

さきほど物の怪を待っていたときよりも、符が一枚になってしまった不安で、晴亮は眠ることができなかった。


たくさんの金子を貰って帰ってきた晴亮に、伊惟は興奮して飛び跳ねた。

「これで屋敷のあちこちの雨漏りも直せますね！　着物も新調しましょう、新しい草履も買いましょう！」

米びつがいっぱいになれば次は住居や着物に手が出せる。浮かれる伊惟を嬉しく見つめながらも、晴亮の心は重かった。

「どうした、あまり楽しそうじゃないな」

虎丸が顔を覗き込んでくる。晴亮は曖昧な笑みを浮かべて、

「あの大名屋敷の蜘蛛のような物の怪、結局起因が判明しなかったことが気になって」

「起因か。呪いか祟りかだれかが持ち込んだか」

うーん、と上を向いて虎丸が指を折る。

「因縁がわからないと、また起こる可能性がある」

「そのときはまたお呼びがかかるさ。そしたら金子をたっぷり貰え」

にんまり笑う虎丸に、晴亮は苦笑するしかない。

「虎丸も伊惟みたいにがめつくなってきましたね」

「金は多い方がいいさ」

虎丸は鼻歌を歌いながら自室へ戻った。

晴亮も自室に引き上げると、文机の前に座って晴明の符を取り出した。それを手本に自分で符を作ってみる。

「そっくり同じに作ることはできるが……」

手をかざすと、同じものなのに晴明の符には不思議なことに厚みを感じる。

「これが力の差か」

晴亮は晴明の符を額に押し当て、沼の上に浮かんだ姿に祈った。

「晴明さま、お力を……！」

呼んでも応(いら)えはない。晴亮は自分の符をくしゃくしゃと丸めてくず入れに捨てた。


翌日のことだ。寒月家に上等な駕籠(かご)がやってきて、一人の女性が降り立った。座敷で彼女と対面した晴亮は驚いた。あの大名屋敷で見た姫君だったからだ。

姫が部屋の中に座っているだけで、そこが明るく広い場所に見える。

「こ、これは……このような場所にいらしていただくとは。申しつけてくだされば、すぐに伺いましたものを」

晴亮は平身低頭で姫の前に顔を伏せた。姫は先日一緒にいた侍女の老女と二人だけだった。

「お屋敷になにかございましたか」

「晴亮さま……」

姫は今日は豪華な打ち掛けを羽織らず、おとなしめの振り袖(そで)だけだった。畳の上にそれが美しく広がっている。薄桜の君はあの長い睫毛(まつげ)の下から晴亮を見上げた。

「おうちの裏手が趣深い林になっておりますのね。案内していただけますか」

「は……？」

あわてて姫の隣の老女を見ると、小さくあごを引いてうなずいている。晴亮はどぎまぎしながらも、先に立って姫を外へと案内した。

「……暖かくなってまいりましたね」

雑木林の中で姫はすうっと大きく息をした。確かに暦が変わってから寒さは格段と緩み、そこここに春の気配を感じるようになった。空気も柔らかく、花の香を含んで甘い。

「こちらの林は夏になれば葉も茂り、そぞろ歩きも楽しいでしょうね」

まだ葉をつけない殺風景な木々を見つめ、姫は静かに言った。

「ど、どうでしょうか。虫も多いし、下草も茂って歩きにくいかと」

カサカサと落ち葉を踏んで、姫は楽しげに歩く。

「春にはなにか花が咲きますか？」

「はい、山桃や山桜、こぶしの花はもうじきです。あそこの白いのがそうです。あとは木蓮（もくれん）、少し待てば山法師」

晴亮が指さす方を姫は背伸びして見た。

「素敵ですわね、山桜も見たいけれど……きっとわたくしは見ることができないわ」

悲しげに呟（つぶや）く声に視線を向けると姫は目を閉じ、空に顔を向けている。その目からすっと涙が一筋こぼれた。

晴亮はもう仰天して、ばたばたと着物を叩き、手ぬぐいの一枚も持っていない自分を呪う。

「姫君、ど、どうなさいました……」

中途半端に伸ばした手を握ったり開いたりして、晴亮はみっともないほどのうろたえ声を出した。

「晴亮さま」

姫はたもとを翻して晴亮を振り返った。顎先まで伝った涙は珠となって散る。

「先日屋敷で物の怪の因縁、現れる原因についてお話しなさいましたね」

「は、はい」

「実は、――あの物の怪とわたくしに、因縁がございます」

姫ははっきりとした声音で告げた。

「えっ」

「去年、わたくしに輿入れの話がございました。その話が進んでいたときにお相手の方に病が見つかり、お話は無くなってしまいました……」

晴亮は姫の美しい目から視線を逸らすこともできず、ぶしつけに見つめたままだった。

「けれど、お断りしたのは病のせいばかりでなく、私にもう一つ、その方よりも有力な方との縁談が持ち上がったからでございます」

「……別な、縁談？」

「はい。その方はそのことを大層悔しがり悲しまれたとか。その方が思ったより早く亡くなられたのは気を病んだからと聞いております。そしてその方はわたくしとわたくしの父を呪いながら、亡くなられたとか」

「で、では……」

「あの蜘蛛の顔は……その方でございました」

あの窶れた薄暗い貌。目ばかりが輝き、その口は呪詛を紡ぐ。

（そうだったのか）

ならばあの殿の態度もわかる。原因を調べられて姫の縁談のせいだと暴かれたくなかったのだろう。

「なのであの物の怪は……わたくしに憑いているのです」

姫がそう言った途端、辺りの枯れ葉を巻き上げて、黒い蜘蛛が現れた。蜘蛛はこの間よりは小さかったが、その形相はさらに恐ろしく醜くなっていた。

「ひいっ！」

姫は悲鳴を上げて晴亮にしがみついた。

「助けて！　晴亮さま！」

「姫！」

晴亮は懐から最後の一枚の符を取り出した。ためらいなくそれを物の怪に放ち、今度は意識的に破魔の真言を唱える。

符は物の怪の額に貼り付くと、真昼の太陽のように輝いて蜘蛛の化け物を消滅させた。

ぱらぱらと周囲に枯れ葉が舞い落ちる。一瞬のことだった。

「晴亮さま！」

姫は涙で濡れた顔をあげ、晴亮に迫った。

「お願いでございます。屋敷に結界を張ってくださいませ。もう二度とあの物の怪が出ないように！　入って来られないように！」

「姫さま……」

息がかかるほど近くに姫の白い花のような顔がある。甘やかな香りが晴亮を取り巻き、心臓が痛いほど打ち始めた。

「わたくしが輿入れするまでの間だけでよいのです。わたくしは姫としての責務を果たさねばなりません。嫁入りさえすれば……この命、物の怪の爪にかかってもかまいません」

姫の目から涙がこぼれて落ちてくる。命はかまわぬと言ったが若い娘だ、どれほど恐ろしいだろう。物の怪も、自分の死も。

姫のけなげさに晴亮の胸は強く揺さぶられた。

「そんなことはおっしゃらないでください！　春の山桜も、夏の百日紅も、秋の紅葉も……この林は色とりどりで美しいのです。ぜひ見に来てください！」

「でも、わたくしは――わたくしは呪われていて……」

「私が物の怪を打ち払います、因縁と一緒に！　姫さまをお守りします！」

小さくはかなげな姫を抱き寄せたい衝動にかられたが、晴亮はそれをぐっと抑え、姫の前に膝をついた。

「どうか、私に守らせてください」

「晴亮さま……」

姫は顔を覆って泣き出した。こぶしの枝に鶯が羽を休め、ほーほけきょとのどかに啼いた。

姫を駕籠に乗せて戻したあと、晴亮は沼に走った。明日、結界を張りに屋敷へ行くと約束した。けれど最後の符を使ってしまった今、晴亮に手はない。

「――晴明さま！」

晴亮は沼のほとりに膝をついて呼んだ。

「晴明さま、お願いです。お出ましください！」

必死に祈るが、沼は鏡のようにぴたりと貼り付いたまま波一つ立たない。

「晴明さま！　お助けください！　晴明さま！」

声が嗄れるほどに叫んでも現れてくれない。晴亮は突っ伏した。

姫……、あの可憐な姫を守りたい。守ってお名を伺いたい。お名を呼びたい。一緒に山桜を、夏椿を見て、紅葉の下を歩きたい。なのに私には力がない。晴明さまの符がなければ！

「晴明さま……っ！」

ぴちゃ……と水の揺れる音がした。はっと顔を上げると沼の中央から波紋がひとつ、またひとつ。

「せ、……」

波紋が岸辺に到達したとき、水面に光が集まりだした。それはゆるやかに人の姿を取り、やがてそこに白い狩衣姿の男を映し出した。

「晴明さま！」

「晴亮、か」

ほのかに光をまとわせた晴明は、慈愛に満ちたまなざしを向ける。

「どうした、取り乱しておるな」

ばしゃり、と晴亮は水際に手をついた。沼の水が袴に染み込んでも気にならない。

「晴明さま！　お願いです、符を！　符を！」

「……もう使い果たしたのか？」

責めるような調子ではなかったが、晴亮は自分の未熟を咎められているような気がしてかっと頬が熱くなった。

「も、申し訳ありません、でもどうしても必要なのです。明日、ある屋敷に結界を張るために」

「結界？　ふむ……どういうことか説明せよ」

晴亮は晴明に大名屋敷に出る蜘蛛の物の怪、姫の輿入れの件、恨みを呑んで死んだ許嫁の話をした。

「なるほど。恋情の恨みか。それに結婚を乗り換えられた屈辱も絡んでいるな」

晴明は沼の上で立ったまま腕を組む。

「恋情の恨みは深いぞ」

「はい。物の怪はもう三体倒しましたが、このままではもっと出てくるかと思います」

晴明は少し考えるように首をかしげた。

「恨みごとを消すしかないが……それでは今までの符ではだめだろう」

「え？」

「より強力な符が必要じゃ」

「今の符よりも強力な？」

それはいったいどんなものだろう。一瞬晴亮の脳裏から姫が消え、符の力への興味が湧いた。

「これは作り方も少し違うし——必要なものがある」

「必要なもの？　なんですか？　私に用意できるものなら」

晴亮は気負って言った。そんな強力な符を早く見たい、手にしたいという思いが声をうわずらせる。

「…………」

しかし、晴明はなぜか悲しげな顔になって晴亮を見つめた。そのまなざしにはっとする。

「ま、まさか、私の命でしょうか？」

「いや、違う」

命差し出しても、と一瞬思ったが、肩透かしを食わされた。

「もっと難しい。……虎丸の血じゃ」

「虎丸の？」

うむ——と晴明はうなずいた。

「あやつは千人に一人という武運の持ち主。わずかな期間で検非違使から頼光公の配下になった所以じゃ。その虎丸の血で作った符なら、呪われた物の怪を消滅させることができる」

「それは――」

「小指の先ほどの血でいいのだがな……」

「頼んでみます！」

渋い顔の晴明とは逆に、晴亮は意気盛んに叫んだ。

「頼みます、土下座してでも！　虎丸はあれで優しい男です。思いやりのある人間です。血の一滴くらい気安く寄越してくれるはずです！」

晴明は勢いづく晴亮に微笑んだ。

「そうか。ならばやってみよ。布に血を染みこませてここへ持ってくるのじゃ。すぐに符を作る。本当ならわしが行ければよいのだが、さすがに八百年の時は超えられぬ。わしの符でお前がやるのじゃ」

「はい！」

晴亮は大声で返事をすると立ち上がった。落ち葉を蹴立てて走り出す。晴明は波紋の上でその後ろ姿をじっと見守っていた。

四

屋敷に戻り虎丸の部屋に駆け込んだが彼はいなかった。伊惟に聞くと裏で薪割りをしているという。晴亮は廊下を駆け抜け勝手口から裸足で飛び出した。

「おう、ハル。姫君とはどんな話をしたんだ?」

虎丸は薪を山ほど積んでそれを割っていた。まだ寒い時季だが上半身を脱いで汗みずくだ。体全体から湯気が上がっているのが見える。

大名の姫が来たことは虎丸も知っている。雑木林に二人で出かけると言ったらにやにやしながら拳を握ってみせた。そこでどんな話をしたのか、そして自分が今晴明と何を話したのか、虎丸は知らない。

「あの物の怪の正体がわかったんです」

「ほう?」

虎丸は薪を台に置くと斧を振りあげた。

「姫が教えてくれました。あれは姫の許嫁でした」

「なんだと?」

カッと斧が薪を半分にする。薪はカラカラと地面に落ちて回った。

「祝言を前に病で亡くなったそうです。それで姫と姫の父君を恨んでいる」

「未練がましいな、それであの姿か」

虎丸は二つに分かれた薪を片手でひと摑みにし、割り終わった方に投げた。

「それに今日も物の怪が出た。あれは家屋敷に憑いているのではない、姫に憑いていたんです。だから、許嫁の恨みごと断たねば終わらないことがわかりました」

「そうか。じゃあ、また行くんだな」

虎丸はうきうきした調子で言った。屋敷の夕餉のことを考えているに違いない。

「ええ。それで、――虎丸に頼みがあるんです」

「おう、なんだ」

「あなたの血を少しもらえないでしょうか？」

虎丸は片方の眉を撥ね上げた。

「どういうことだ？　俺の血がなんの役に立つ」

「すみません！」

晴亮は虎丸の前に膝をつき、頭を下げた。虎丸は驚いて一歩下がる。

「私は虎丸に嘘をついていました。私がここ最近使っていた符は――私の符じゃないんです！」

「え？　どういうことだ」

晴亮は唇を噛んだ。虎丸をがっかりさせてしまう、せっかく自分を信じてくれていたのに。もしかしたらもう見限られてしまうかもしれない。それでも……。

脳裏に姫の頬を伝った涙が思い浮かんだ。晴亮は勇気を振り絞って告白した。

「あれは……晴明さまの符なんです」

虎丸が息をのむ気配がした。下を向いているから虎丸の表情はわからない。怒っているだろうか、それとも失望しているだろうか。

晴亮は地面についた自分の手を見ながら、沼の上に顕現した晴明から符をもらった話をした。

「お前……馬鹿か」

虎丸は斧を置いて、着物に袖を通した。

「その晴明が偽物だったらどうするんだ！」

晴亮は顔を少しだけ上げて、虎丸の胸の辺りを見つめた。顔は……見られない。

「それは本物です。今まで使った符の威力を知っているでしょう？」

「それは――見てるが」

虎丸は苦々しげな口調で答えた。

「その晴明さまが姫を守るためのより強力な符を作ってくださるんです。でもそれには虎丸の血が必要で……」

晴亮はもう一度地面に額を打ちつける勢いで頭を下げた。

「お願いです。ほんの少しでいいと晴明さまもおっしゃってます。虎丸、私にあなたの血をください！」

「………」

虎丸は沈黙している。おそらく血のことではない、自分が嘘をついて晴明の符を使っていたことに腹を立てているのだ。

「虎丸……嘘をついたことは何度でも謝るから……」

「――ハル、お前、」

ようやく虎丸が声を発してくれた。

「自分の符は使おうとは思わなかったのか」

「私の符なんて」

晴亮は地面に向かって暗い笑みを浮かべた。

「作ってはみましたが……やはり力は感じられず、捨ててしまいましたよ」

「捨てたのか」

呆れた声に晴亮は首を横に振った。自分の符の話などどうでもいいではないか。

「晴明さまの符は、持っているだけで勇気が出てくるんです！」

「そんなもんかね」

「そうなんです。姫を助けるためにどうしても晴明さまの符がいるんです！」

「姫は美しいものな」

ぱっと晴亮は顔を上げた。虎丸はにやにやしている。その笑みに晴亮はほっとし、それから顔が赤くなるのを感じた。

「そ、それは関係ないです。理不尽な恨みから守って差し上げたいんです」

「惚れてんだろ」

からかいの声に晴亮はムキになって言い返した。

「違いますってば！」

「仕方ねえなあ」

虎丸は笑った顔のまま薪割りに使った斧を手にした。その刃に自分の親指を滑らせる。ぷつりと赤い血の珠が浮き上がった。

「ほらよ。お前がそいつを信じてるんなら……いいさ」

指を差し出す虎丸に、晴亮はあわてて自分の着物のたもとをちぎり、それで彼の指を包んだ。虎丸はそこに血をなすりつける。

「これっぽっちでいいのか？　なんだったらその着物真っ赤に染めてやろうか」

「い、いえ！　小指の先ほどでいいとおっしゃってましたから」

晴亮は大事そうにたもとを畳んで懐に入れた。

「虎丸も晴明さまのところにいきますか？」

「いや、俺はいい。薪を伊惟のとこに運ばなきゃならねえから。師匠にはよろしく言っておいてくれ」

「わかりました」

晴亮は駆けだして行った。虎丸はそれを見送ると、薪をそのままに屋敷の中へ入った。

虎丸は晴亮の部屋に入るとくず入れを探った。彼が言った通り、何枚かの符が丸めて捨ててある。それを広げると懐に入れ、それから台所に行った。

「あ、虎丸。薪は？」

夕餉の用意をしていた伊惟が振り返る。手元にはたくさんの食材があった。金に不自由しなくなってから、屋敷で出る料理が豪華になった。

「薪は裏に積んであるからあとで持ってくるよ。それより伊惟、頼みがある」

虎丸は伊惟に拾ってきた符を渡した。

「これは？」

「ハルの符だ」

「晴亮さまの……」

伊惟はしわになっているそれを手のひらの上で伸ばした。虎丸はその手の上に自分の手を重ねる。ぎょっとした顔で見上げてくる伊惟に、虎丸はどこか痛みを耐えているような顔で笑った。

「頼みがあるんだ、伊惟」

晴亮は沼まで一気に走った。普段こんなに体を動かさないので、到着したときは息があがり、胸がひきつるほどに痛い。

「せ、晴明、さま」

ぜえぜえと息を吐き、なんとか呼吸を収めようとする。その息が沼の水面(みなも)を揺らし、中央に向けて波を作った。その波が消えないうちに、晴明の姿が現れた。

「晴明さま……虎丸の血を」

「おお、待ちかねたぞ。こちらでも用意はできておる」

晴明が手を伸ばす。晴亮は虎丸の血を染み込ませた袂(たもと)を渡そうとして、はたと迷った。どうやって渡せばいい？　水に浮かべれば血は流れてしまうだろう。しかし中央に立つ晴明には届かない。

「大丈夫じゃ」

晴亮のそんな逡巡(しゅんじゅん)に気づいたか、晴明が手を上げた。その手の中に一羽の鳥がはばたく。烏は飛び立つと晴亮のもとまで飛んで、袂をくわえた。

晴亮は烏が袂を晴明のそばまで運ぶのを呆然とみていた。

（そういえば晴明さまの符や烏や袂は、どうやって時を超えているのだろう）

晴明にはそれほど強大な力があるのか。だったらなぜ晴明が直接こちらにこられないのだろうか……。

疑問が小さな不安となり、影となった。晴明に目を向けると、袂を広げ虎丸の血を確認している。

「晴明さま、あの、」

晴明は虎丸の血を見つけると、その部分に唇を押し当てた。彼の上品な白い顔が、そのとき邪悪な笑みに歪んだ。

「晴明、さま……？」

それでも晴亮はまだ憧れにしがみつこうとしていた。これは安倍晴明、すべての陰陽師の上に立つ、絶対的な力の持ち主。私を助け、姫の力になってくれるはずの――。

「ハ、ハ、ハ」

沼の上で晴明は声を上げた。

「ハハハ……アハハハハッ！」

晴明の唇が血を流しているように真っ赤だった。

「寒月晴亮、愚かよの。自分がなにをしたかまだわからぬか」

晴明はのけぞり、烏帽子を飛ばして嗤いあげる。ばさりと長い髪が水の上に広がった。

「ほうれ、見よ」

晴明が右手をあげる。するとそこはもう雑木林ではない。梅の木の並ぶ大名屋敷の庭になった。

「こ、これは――」

「ほうれ、見よ」

晴明が左手をあげる。そこには大名屋敷の廊下が見えた。そこに殿様と、側近の田島と、そして姫がいるではないか。

「ひ、姫⁉」

姫は袖で口元を隠し、くすくすと笑っている。その背後に立ち上がったのは蜘蛛の物の怪だ。姫は物の怪の長い首にもう片方の手を沿わせ、愛しげに撫でた。袖が顔から離れると、そこには耳まで裂けた口があった。

「これは、まやかし⁉　これは、……嘘？　嘘！　嘘だ！」

大名屋敷も、物の怪も姫も、すべて幻だったのか。

「そうよ、最初からすべて。お主を騙すための夢芝居」

大名屋敷の庭の中央に晴明が立っていた。その姿が二重になり、ぼやけ、やがてくっきりと現れる。

それは恐ろしいほどに美しい鬼だった。斜めに切り落とされた角を光らせて、狂気の中で見る夢のように艶やかで華やかな鬼。

「霞、童子……！」

「やれやれ、大変だったぞ。お主たちを誑かすために長く面倒な芝居を一人で演るのは。だが、その甲斐あって虎丸の血は我のものになった。これであやつは我の思いのままよ」

霞童子が両手を振ると、梅の庭も屋敷の廊下もかきわりのようにパタパタと背後に倒れ、消えて行く。姫や物の怪もぺらぺらの紙になって飛んでいった。

「虎丸を――どうするつもりだ！」

「さて、どうしてくれようか……」

霞童子は残酷な遊びを楽しむように、淫靡な笑みを浮かべ、舌なめずりをした。

「我の角を折ったあやつをただ殺すだけでは物足りぬ。我の思いのままに操って、この時代で稀代の大悪党にしてくれようか。人を殺し、家屋敷を破壊し、すべての血と涙を踏みにじる極悪人。そして人の手で討ち取られ、辱めを与えようか」

「やめろ……」

　霞童子は本当にそんなことができる。晴亮の頭がすうっと冷たくなった。このまま倒れて意識を失いたい……。晴亮はそんな自分の心に必死に抵抗し、足を地面に踏ん張った。

「わ、私を──私を操ればよかっただろう！　虎丸には手を出すな、私を……っ！」

　霞童子は冷たい声で言った。

「お主のようなつまらぬものを手駒にしてどうする」

　その目は虫けらを見る目だ。氷の視線に胸を射貫かれ、晴亮は喘いだ。

「借り物の符に頼るような役立たず。そうだな、かわいい弟子が虎丸に殺されるのを見て泣いておればよい」

　その言葉にはっと晴亮は背後を振り返った。すでに大名屋敷の幻は消え、夕暮れに雑木林が染まっている。

「伊惟……虎丸……」

　晴亮はガクガクする足を励まして走り出した。背中に霞童子の笑い声がのしかかってくる。

「伊惟……！　虎丸……！」

　屋敷に飛び込むと、ものの壊れる音がしていた。廊下を駆け、二人を捜す。

「伊惟！　虎丸！」

叫ぶと障子を骨ごと破って伊惟が廊下に転がり出てくる。

「伊惟！」

駆け寄って助け起こしたとき、晴亮は部屋の中に立つ虎丸に気づいた。部屋の中は襖が全部外れている。その中で虎丸は右手に剣を持ち、左手に襖の一枚を持ち、無表情に突っ立っていた。

「虎丸……」

「せ、師匠……」

腕の中で伊惟の声がした。伊惟は晴亮の着物を摑んで身を起こす。

「虎丸が、虎丸が狂った……」

「ああ」

晴亮は両手で伊惟の体を抱え、立ち上がらせる。

「私のせいだ。私の浅慮のせいで」

虎丸は襖を持った手を上げると、それをいきなり投げつけてきた。

「うわっ！」

とっさに避ける。その勢いで二人は廊下から庭に転がり落ちた。虎丸はそんな二人に向かってぎくしゃくとした動きで近寄ってくる。

「と、虎丸！」

晴亮は跳ね起き、廊下に飛び上がると虎丸のすぐ前で両手を広げた。

「止まれ！　止まってくれ！　あんたは霞童子に操られているんだ！　正気に戻れ！」

虎丸は晴亮の前で歩みを止めると首をカクリと横に倒した。まるで操り人形のように。だらりと下げた右手の剣がギラギラと夕日を跳ね返している。

「私が悪かった。私が晴明さまの符に頼ったばかりに」

虎丸は首を倒したまま、すうっと晴亮に向かって左腕を上げた。その手の先が顔に触れ、晴亮はびくりと身をすくめたが、指の力は優しく頬を撫で上げる。

「虎丸、正気に……」

ぱっと顔を輝かせた晴亮だったが、次の瞬間、虎丸の手は無情に晴亮の頬を打ち据えた。

「師匠！」

背後で伊惟の悲鳴が響く。晴亮は廊下から庭へと叩き飛ばされた。背中から地面に落ち、うずくまる伊惟の側まで転がってゆく。頭がぐらぐらし、顔が燃え上がるように熱い。口の中いっぱいに血の味がした。

歪んだ視界で振り仰ぐと、廊下に立つ虎丸は表情もなく自分を見下ろしている。晴亮は手と膝で這って後ろに伊惟を庇いながら退がった。

「逃げろ……伊惟……」

「師匠？」

「こうなったのは私のせいだ。私が弱いばっかりに……」

「そういうの、もういいですから！　これを！」

伊惟は懐から紙の束を取り出した。

「これを使ってください！」

「これは――」

それは捨てた筈の自分の符だった。昨日、晴明の符を真似して書いて、やはりだめだとくず入れに捨てたのに。

「虎丸が拾って私に預けてくれたんです。自分になにかあったらこれを自分に放てと」

虎丸が縁側から地面に降りた。顔になんの感情も表れていないのが恐ろしい。端整な顔だけに、無表情になると人形のような冷たさがあった。

「こんなものは――私の符は役に立たない！」

晴亮は叫んで符から顔を背けた。伊惟はそれでもぐいぐいと符を押しつけてくる。

「虎丸さんは！　師匠を信じているんですよ！　自分を助けるのは晴亮さまだって、これに賭けているんです！」

虎丸との距離はあと一間もない。

（人を殺し、家屋敷を破壊し、大悪党として捕らえられ処刑される――）

霞童子の言った虎丸の未来。自分の意志を持たず、操られるまま悪事に手を染め、殺される……。

（仕方ねえなあ）

耳元に虎丸の声が聞こえた。

（お前が信じてるなら、いいさ）

虎丸は、私を信じて――晴明の符に頼る情けない自分をそれでも信じて……。

「師匠！」

伊惟の金切り声が頬を打つ。虎丸が目の前にいた。夕日を浴びて血に濡れたように真っ赤だった。

（私の、符……！）

虎丸は、命の力を届ける血を霞童子に捕らえられ、操られている。だから――その操りの糸を断つ。

虎丸が両手を掲げた。その影が晴亮と伊惟を覆う。

「虎丸、頼む！　戻ってきてくれ！」

晴亮は手の中の符に渾身の念を込め、虎丸の額めがけて放った。黄昏を切り裂く、光があふれる。

「――っ！」

光の中で晴亮は目をこらした。虎丸の瞳が、なにも見ていなかった目が、かちりと自分と合う。

「虎丸……」

「……ハル？」

虎丸は両手を上にあげた姿のまま、晴亮の名を呼んだ。

「虎丸、戻ったのか」

「あ？」

虎丸はコキリと首をひねる。

「俺、どうしたんだ」

「この馬鹿！」

伊惟が飛び上がり虎丸のすねを蹴った。

「バカバカ！　死ぬかと思ったじゃねえか！　虎丸の馬鹿！」

わあっと伊惟は虎丸にしがみついて泣き出した。虎丸は訳がわからないという顔をして晴亮を見る。晴亮はへなへなとその場にしゃがみこんだ。

手の中の残りの符を見る。本当にこれで、自分の符で霞童子の呪術を解除できたのか。自分の力で。

だめだと思って捨てた符に力を感じる。これが。

「これが、自信、か……？」

「ハル、大丈夫か？」

尻を落としている晴亮を虎丸が覗き込む。その心配そうな顔に目元が熱くなり、涙がこぼれた。

私は——なんてことを。なんということを。

「ごめん、虎丸……ほんとにすまない……」

「ハル？」

虎丸は首をひねっていたが、その顔がぱっと険しくなった。視線を追うと塀の上に異形の姿があった。

「霞！」

霞童子は塀の上にあぐらをかき、膝に乗せた手であごを支えている。

「なんだ、つまらぬ。虎丸の手で殺したかったにのう」

霞童子は憮然とした顔つきで呟いた。

「霞、きさま！」

虎丸が吠える。霞童子は晴亮を見て、

「そこのへっぽこ陰陽師も少し使えるようになったというわけか。我のおかげよな、感謝するがよい」

「小細工ばかり弄しやがって、そんなに俺が怖いのか」

虎丸が獰猛な笑みを浮かべると霞童子の美しい顔がぴくりと歪んだ。

「……誰が怖いだと？」

「お前のような小心者を使っている時点で酒呑童子の器が知れるぜ」

ぶわっと霞童子から殺気が膨れ上がったのが、武人ではない晴亮にもわかった。

「怒るな怒るな。仕方がないさ。あの時代じゃお前くらいしかいなかったんだろうな。酒呑も気の毒だったという話さ」

怒るなと言いながら虎丸は煽り立てている。霞童子の白い髪がざわざわと蠢き出す。

「だから俺たちに攻め込まれたら、あっと言う間に成敗される。鬼の世を作るなどとほざいていたが、寝言戯言世迷言、叶わぬ夢を見ていたな」

「その薄汚い口を閉じろォッ！」

霞童子が塀の上から閃光の速さで飛び掛かってきた。膨れ上がった腕の先の恐ろしいほど尖った爪、ガキンッと剣で受け止めたのは奇跡のようだった。

「酒呑は、酒呑は、必ず人の世を壊す！　そして日ノ本は我等の国に……！」

「今のこの世にどれだけあやかしがいるって言うんだ！」

ギリギリと押し込まれる爪の力に耐え、霞童子の叫びに虎丸が覆い被せる。

「あの時代、そこにかしこにあやかしがいた！　闇の中に陰の中に、振り向けば妖怪（ようかい）だ、物の怪（け）だ！　だが今はどうだ！　力の弱い魑魅魍魎（ちみもうりょう）がふらふらしてるだけじゃねえか！　お前だってわかってんだろ、ここはもう自分の世界じゃねえって！　お前も俺も！　この世界には不要な存在なんだよ！」

虎丸の言葉に晴亮は胸を衝（つ）かれた。いつだって平気な顔で笑っていたくせに、彼は自分をこの時代の異物だと感じていたのか。

「うるさい！　あやかしがいなければ我が生み出す！　力がなければ我が力を与える！　そうすれば、そうすればきっと、酒呑はこの時代に……！」

「酒呑はもういないんだ！」

――頼光さまはいないんだ！

虎丸がそう叫んでいるような気がした。

この二人は――この二人こそが真に互いの孤独を理解できる唯一の相手なのだ。敵同士なのに、いや、命を奪い合う敵同士だからこそ。

ぱっと二人の身体が離れた。虎丸の足が地面を摑（つか）む。霞童子が膨れ上がった巨大な両手を掲げる。

はっはとせわしなく吐き出されていた息が徐々に静まり、互いの呼吸が重なり合う。

ゆっくりと――静かに――ひとつ　ふたつ　みっつ――。

「――――ッ！」

二人とも声を上げなかった。ほとんど同時にぶつかり合う。霞童子の腕が虎丸の体を裂き、虎丸の剣が霞童子の体を貫き、互いに大量の血がしぶく。

「とら、――っ！」

晴亮の悲鳴が夜の帳を裂く。

虎丸が膝をつき、霞童子が胸を押さえよろめく。真っ赤な血が噴き出していた。

「許さんぞ、虎丸……」

霞童子は喘いで口から血の泡を吐いた。

「必ず……必ず……殺してやる……」

霞童子の周りに白いもやがかかる。そのもやが霞童子を包み込むと、彼はがくりと仰のいた。その体がゆっくりと浮き上がってゆく。

「ま、待て！」

晴亮は符を放ったが、一瞬遅く、霞童子はもやごと消えてしまった。

「虎丸！　虎丸！」

伊惟の必死な声に晴亮は霞童子を追うことをやめ、そばに駆け寄った。虎丸の左半身が血塗れだ。

「虎丸！」

「……大丈夫だ。かすり傷……」

「馬鹿を言うな！　伊惟、武居先生を！」

「はいっ」

伊惟が駆け出してゆく。晴亮は虎丸の傷を見た。位置は心の臓のわずかに上。深々と切り裂かれ骨が見える。

「助かる！　助かるからな、虎丸！」

虎丸は少しだけ唇で笑みを作り、それから晴亮の腕の中に崩れ落ちた。

「虎丸――――！」

呼び声は低くたれこめた夜雲に吸い取られ、返事はなかった。

終

武居医師の手術が終わり、虎丸の意識が戻ったのは二日も経ってからだった。睫毛(まつげ)が震え、重たそうに瞼(まぶた)が押し上げられる。晴亮は彼の顔の上に自分の顔を寄せた。

「……とらまる……わかりますか」

目はすぐに晴亮を捕らえ、ほころんだ。

「……ひでえ顔だな、ハル。お前のほうが死にそうだ」

二日の間つきっきりだった晴亮はほとんど眠っていない。だが、どうしても目を覚ました虎丸に言いたかったことがある。

「虎丸――すまなかった」

晴亮は畳の上に両手をついた。

「私の浅慮で虎丸を危険な目に遭わせてしまって」

「……気にすんなよ、なんとかなったろ？」

晴亮は顔をあげた。虎丸が静かな目で微笑んでいる。

「虎丸は――知っていたんですか、沼の晴明が霞童子だと」

「いや、怪しいとは思ったが……霞本人だとは思わなかった」

「なぜ！　止めなかったんです！」

かみつくように叫ぶ晴亮に虎丸は困った顔で笑う。

「お前が信じ込んでいたからな。……あそこであれはきっと偽物だ危険だと言ってもお前は意固地になるだけだろ。それに」

「それに？」

「お前は自分を過小評価しすぎていたからな。いちかばちか……、お前の力で俺を助けることができれば、ちったあ自信がつくかと思って」

「――――」

その言葉を聞き、晴亮は思わず拳で畳を打っていた。虎丸はちらっとその手を見て、ため息をつく。

「……驚かすなよ」

「自分の命を！　私の自信なんかと引き換えないでください！」

むうと虎丸が下唇を突き出し不満げな顔になった。面倒くさそうに言葉を放り出す。

「助かったんだからいいじゃねえか。結果がすべてだ」

「失敗したら、あなたは霞童子の操り人形になってたんですよ！」

「ならないさ」

虎丸は笑った。

「お前が止めてくれる、絶対」

「その根拠のない自信は――」

「お前と一緒に戦ってきたんだぜ、相棒」

虎丸は布団から手を出した。晴亮は思わずその手を掴む。握りしめた手から温かなものが広がっていく感じがした。それは腕を体を伝い、のどをあがり、顔を熱くし、目からこぼれ落ちてしまった。

「泣くなよ」

「……っ」

「これからは自前の符でいけるな？　安心しろ、お前の符は戻橋の師匠くらいの力はあるさ。泣くなって、ばか」

「馬鹿は虎丸の方です」

「そうかね」

「そ、――う、ですよ」

涙が止められない。晴亮は幼子のように虎丸の前で泣き続けた。


さらに三日ほど経ち、虎丸は上半身を起こすことができるようになった。武居医師が驚くほどの回復力だ。もう粥（かゆ）ではなく、肉や魚を口にしている。

「霞童子はどうなったと思いますか？」

「わかんねえ」

晴亮の問いにどんぶりをかきこんでいた虎丸はあっさりと答えた。

「かなりの深手を負わせたはずだ。しとめたと思ったからな。まさか余力を残してたとは思わなかった」

「あのもやのようなものは……」

「多分自分にかけていた呪いだろう。命の残りがわずかになったら脱出するような、まじないってやつ」

もぐもぐごくん、と白米を飲み込み、皿に載った魚に箸を伸ばす。

「なら当分はおとなしくしているかな」

「まあ、またやってきたとしても俺とお前がいれば大丈夫だろうよ」

虎丸は魚を頭からバリバリと食べた。食べれば治ると思っているようだ。

「虎丸」

「ああ？」

「虎丸はこの時代に不要、なんてことありませんからね」

ちらっと虎丸は晴亮を見て、気まずそうに顔を背ける。自分の言ったことは覚えているようだ。

「この時代にも……江戸にも私にも、虎丸は必要なんです」

「わかってるよ」

「だから自分の命を捨てるような戦い方はもうやめてくださいね」

「――おう」

「約束ですよ」

「わかったわかった。わかったから、おかわり」

虎丸がどんぶりを突き出す。晴亮は軽くため息をつき白米をよそおうとして――、

「あ、ない」

おひつが空っぽだ。

「早く体を治して仕事をしないと……また伊惟にわめかれますね」

「体を治すためには飯がいる。とりあえずお前ひとりでなんとかこなせ」

「そ、そんな。私一人で妖怪や物の怪に立ち向かえと!?」

「大丈夫！　寒月晴亮は当代一の陰陽師だからな！」

「と、虎丸――！」

晴亮の情けない声が障子を突き抜け庭に響く。それに驚いたか椋鳥の群れたちが、いっせいに雑木林から飛び立って、青い空にはばたいていった。

本書は書き下ろしです。

いろは堂あやかし語り

よわむし陰陽師は虎を飼う

霜月りつ

令和6年 1月25日　初版発行

発行者●山下直久

発行●株式会社KADOKAWA
〒102-8177　東京都千代田区富士見2-13-3
電話　0570-002-301（ナビダイヤル）

角川文庫 23990

印刷所●株式会社暁印刷
製本所●本間製本株式会社

表紙画●和田三造

ISBN 978-4-04-114624-8　C0193

◇◇◇

角川文庫発刊に際して

角川源義

第二次世界大戦の敗北は、軍事力の敗北であった以上に、私たちの若い文化力の敗退であった。私たちの文化が戦争に対して如何に無力であり、単なるあだ花に過ぎなかったかを、私たちは身を以て体験し痛感した。西洋近代文化の摂取にとって、明治以後八十年の歳月は決して短かすぎたとは言えない。にもかかわらず、近代文化の伝統を確立し、自由な批判と柔軟な良識に富む文化層として自らを形成することに私たちは失敗して来た。そしてこれは、各層への文化の普及滲透を任務とする出版人の責任でもあった。

一九四五年以来、私たちは再び振出しに戻り、第一歩から踏み出すことを余儀なくされた。これは大きな不幸ではあるが、反面、これまでの混沌・未熟・歪曲の中にあった我が国の文化に秩序と確たる基礎を齎らすためには絶好の機会でもある。角川書店は、このような祖国の文化的危機にあたり、微力をも顧みず再建の礎石たるべき抱負と決意とをもって出発したが、ここに創立以来の念願を果すべく角川文庫を発刊する。これまで刊行されたあらゆる全集叢書文庫類の長所と短所とを検討し、古今東西の不朽の典籍を、良心的編集のもとに、廉価に、そして書架にふさわしい美本として、多くのひとびとに提供しようとする。しかし私たちは徒らに百科全書的な知識のジレッタントを作ることを目的とせず、あくまで祖国の文化に秩序と再建への道を示し、この文庫を角川書店の栄ある事業として、今後永久に継続発展せしめ、学芸と教養との殿堂として大成せんことを期したい。多くの読書子の愛情ある忠言と支持とによって、この希望と抱負とを完遂せしめられんことを願う。

一九四九年五月三日

角川文庫ベストセラー

地獄くらやみ花もなき
路生よる

閻魔様に代わって、罪人を地獄へ送る謎の美少年と、生きることをあきらめたニートの青年が営む〈地獄代行業〉。2人のもとには、今日も妖怪に憑かれた罪深き人々が訪れる。痛快〈地獄堕とし〉ミステリ。

地獄くらやみ花もなき　弐
生き人形の島
路生よる

地獄代行業の皓と助手の青児のもとに届いた〈バラバラ殺人〉を予感させる手紙。バロック様式の館がそびえる島に向かった2人を待ち受けていたのは、美しき〈生き人形〉と皓の〈弟〉を名乗る少年で!?

地獄くらやみ花もなき　参
蛇喰らう宿
路生よる

〈地獄代行業〉の皓と助手の青児は、〈人喰い宿〉と噂される奥飛騨の旅館を訪ねる。宿の関係者が殺害された過去の事件を調べる2人を待ち受けていたのは、女将の亡骸と〈死を招く蛇〉だった……。

地獄くらやみ花もなき　肆
百鬼疾る夜行列車
路生よる

〈地獄代行業〉の皓と助手・青児は、因縁の相手・荊と対決するため寝台列車に乗り込む。絢爛豪華な列車で待っていたのは6人の乗客。発車後すぐに、そのうち1人が姿を消して……。

地獄くらやみ花もなき　伍
雨の金魚、昏い隠れ鬼
路生よる

魔王の座を譲った皓は、変わらず青児を助手として〈地獄代行業〉を営む日々を送っていた。そんな時、ある旧家で連続不審死が発生する。依頼人は、北原白秋の童謡詩「金魚」に見立てた殺人だと話すが……。

角川文庫ベストセラー

角川文庫ベストセラー

彩雲国物語
九、紅梅は夜に香る
雪乃紗衣

任地の茶州から王都へ帰ってきた彩雲国初の女性官吏・秀麗。しかしある決断の責任をとるため、ヒラの官吏から再出発することに……またもや嵐が巻き起こる！　超人気シリーズ、満を持しての新章開幕！

彩雲国物語
十、緑風は刃のごとく
雪乃紗衣

「期限はひと月、その間にどこかの部署で必要とされること」厳しすぎるリストラ案に俄然張り切る紅秀麗。しかしやる気のない冗官仲間の面倒も見ることになって——。超人気中華風ファンタジー、第10弾！

彩雲国物語
十一、青嵐にゆれる月草
雪乃紗衣

新しい職場で働き始めた秀麗。まだまだ下っ端で、雑用係もいいとこだけど、全ては修行!?　ライバル清雅や蘇芳と張り合う秀麗は、ある日、国王・劉輝に、名門・藍家のお姫様が嫁いでくるとの噂を聞いて……。

彩雲国物語
十二、白虹は天をめざす
雪乃紗衣

監察御史として、自分なりに歩み始めた秀麗。一方国王の劉輝は、忠誠の証を返上して去った、側近の藍楸瑛を取り戻すため、藍家の十三姫を連れ、藍州へ赴くが……秀麗たちを待ち受ける運命はいかに。

彩雲国物語
十三、黎明に琥珀はきらめく
雪乃紗衣

藍州から帰還した監察御史の秀麗に届いた、驚きの報せ。吏部侍郎の絳攸が投獄されたというのだ。罪状は、侍郎として、尚書・紅黎深の職務怠慢を止められなかったというものだが——。衝撃の第十三弾。